【编委会】

委员 张晓辉　王子湄　俞雪峰　赵洪武
罗永平　柯占英　王铭　马宁
吕振宏　魏瑞

策划 俞雪峰　罗永平

编校 俞雪峰　柯占英　吕振宏　魏瑞

杞乡名医

中宁县卫生健康局
中宁县文学艺术界联合会 编

黄河出版传媒集团
宁夏人民出版社

图书在版编目（CIP）数据

杞乡名医/中宁县卫生健康局，中宁县文学艺术界
联合会编. —— 银川：宁夏人民出版社，2024.11.
 ISBN 978-7-227-08062-6

Ⅰ.I25

中国国家版本馆CIP数据核字第2024F7D935号

杞乡名医

中宁县卫生健康局
中宁县文学艺术界联合会　编

责任编辑　白　雪
责任校对　陈　晶
封面设计　王敬忠
责任印制　侯　俊

 黄河出版传媒集团 宁夏人民出版社　出版发行

出 版 人　薛文斌
地　　址　宁夏银川市北京东路 139 号出版大厦（750001）
网　　址　http://www.yrpubm.com
网上书店　http://www.hh-book.com
电子信箱　nxrmcbs@126.com
邮购电话　0951-5052104　5052106
经　　销　全国新华书店
印刷装订　宁夏凤鸣彩印广告有限公司
印刷委托书号　（宁）0031116

开本　720 mm×980 mm　1/16
印张　13.75
字数　200 千字
版次　2024 年 11 月第 1 版
印次　2024 年 11 月第 1 次印刷
书号　ISBN 978-7-227-08062-6
定价　39.00 元

伟大时代呼唤伟大精神
崇高事业需要榜样引领

榜样是一种力量，彰显进步；榜样是一面旗帜，鼓舞斗志。

榜样的力量催人奋进，模范的事迹可学可做。崇尚模范、学习模范、争当模范，用奋斗擦亮实干底色，以实干担当时代重任。

为了大力培育和弘扬社会主义核心价值观，进一步树立典型，发挥榜样的力量，激励广大医务人员见贤思齐、对标先进，在全社会形成尊医重卫的良好氛围，本书收录了中宁县37名优秀医生先进事迹，展现了他们在临床一线、健康扶贫等领域的突出贡献。这些医生不仅医术精湛，更具有高尚的

医德医风，他们坚持人民至上、生命至上的理念，秉持工匠精神，铸就医者仁心，积极投身健康中宁建设，矢志不渝地维护人民健康；他们立足岗位、兢兢业业，为健康中宁建设作出了突出贡献。

中宁县卫生健康局党组高度重视医疗卫生人才队伍建设，为了选树典型，引领发展，诚邀中卫市、中宁县作协31名会员通过实地走访、深入交谈等形式多方面了解中宁县37名医生，他们中既有每天与病人打交道的县城医院医生，也有双脚沾满泥土、深入村民家中为百姓看病的村医。不论身处何处，他们都心系患者、情牵父老乡亲，将满腔热血倾注于生于斯、长于斯的热土。这一幅幅画面展现了人民医生与人民相依相存的浓浓情意。

本书重点展示了医生的个人风采，宣传其精湛医术、高尚医德、良好医风，彰显医者仁心。

目录

健康所系　性命相托

——记中宁县人民医院医生王少红

李海潮

王少红　1973年2月生，汉族，宁夏中宁人，中共党员。现就职于中宁县人民医院，呼吸与危重症医学科主任医师。1995年毕业于宁夏医学院，长期从事内科临床工作。宁夏医学会呼吸病学分会委员、宁夏医学会结核病学分会委员、宁夏老年医学会呼吸病学专业委员会委员、宁夏医师协会呼吸医师分会委员、中国医药协会呼吸病药物研究专业委员会基层委员。连续多年被中卫市人民政府、中宁县人民政府、县人民医院评为先进工作者。

　　中宁县有一所二级甲等医院——中宁县人民医院。历经72年风雨洗礼，医院规模逐步扩大，医疗设施不断完善。一批又一批立志为医学献身的学子慕名而来，扎根杞乡，以院为家，谱写了可歌可泣的壮丽诗篇，打造了一支又一支医疗骨干团队。涓涓细流汇成滔滔江河，一批又一批医务工作者为守护杞乡人民健康贡献了满腔热血和青春年华。

立志当医生

王少红出生在一个书香之家，自幼在父母的呵护下健康成长。王少红幼年时，一位患病远亲因缺钱贻误了最佳治疗时间而不幸身亡，此事给她留下了很深的印象。稍长，她亲见一位近邻因患白血病而英年早逝，丢下了几个年幼的孩子……此事令她触动很大，从此，学医的心愿扎根她的内心。上小学学习《手术台就是阵地》这篇课文时，王少红被白求恩大夫冒着枪林弹雨为八路军伤员做手术的场面深深打动，更加坚定了长大当医生的信心和决心。父亲告诉她，要想成为一名救死扶伤的医生，必须从现在起刻苦学习，将来才能考上医学院，学到给人治病的真本领。她心领神会，从此更加努力学习，平时喜欢读扁鹊、华佗、张仲景、孙思邈、李时珍等中国古代名医的故事。

1991年，王少红满怀信心地参加了高考。为了追逐梦想，她填报了心仪的大学——宁夏医学院。天道酬勤，她梦想成真。大学毕业后被分配到中宁县人民医院，从事内科临床工作。

刚参加工作，她和所有青年一样踌躇满志，打算用自己所学为病人治病。然而，面对接踵而至的各种疑难杂症，她往往显得力不从心。在她的强烈要求下，县人民医院选派她到宁夏医学院再次学习两年。在众多权威专家的指导下，她的医学理论基础更加扎实。

2005年，县人民医院又选送她到江苏省人民医院进修一年，在这里，她见到了很多基层医院难以见到的病种，有效提高了临床技能。回到县人民医院，她就和科室医师分享外面学到的医疗技术。在临床工作中，她努力将所学运用于临床实践，很快，她的临床诊疗效果明显提高，同事们纷纷投来敬佩和信赖的目光。

2010年，她积极参加全国职业病筛查工作，多次参加了该项业务培训，增长了临床技能。她负责撰写的全县职业病普查总结报告资料翔实，有针对性，在全县卫生系统交流后受到广泛好评。

视患者为亲人

呼吸内科每到冬季病人明显增多，住院部床位紧张，人满为患，医护人员加班加点是常态。作为一名共产党员，王少红身体力行，言传身教，充分发挥带头作用。大忙季节，同事们都累得筋疲力尽，王少红看在眼里，急在心里，一次又一次给同事打气、鼓劲儿。重症病人一般由护士护送检查，有时王少红会主动陪同重症病人逐项去做检查。一次，一个病人支气管扩张第一次做雾化，王主任亲自去病房给病人讲解，耐心又细致。

她的表率起了作用。呼吸内科克服种种困难，熬过了一个又一个困难时期，赢得了病人和家属的一致肯定。住院部的一个病人评价："王主任对病人态度好，我们这些老年人住院都找她。她的熟人病人多。她负责嘛，病人认可。"

凝聚科室力量

2012年初，王少红被组织提拔为呼吸内科主任。上任后，她首先着手对年轻医师的带教，坚持每周业务学习、查房，以提高团队临床诊疗水平。当了主任后，她不但没有放松自己，反而更加严格要求自己，始终以白求恩大夫为楷模，不断提升业务技能和管理水平。始终坚持"以病人为中心，以质量为核心"，凭良心和责任心履行职责。

"一花独放不是春，万紫千红春满园。"她注重年轻医师的培养，注重激发团队集体力量。自己到外面学习时，也会争取名额和同事一起去，听课，进修，开阔眼界。她对医师写病历、做检查、做治疗、做课件都严格要求，一丝不苟，因此科室整体水平逐年攀升。

春去秋来，岁月飞逝。时间不知不觉来到了2024年。这一年，王少红工作了31年，担任呼吸内科主任14年。凡是医护人员家中有事，她都会准假，自己默默顶班；每逢护士节、母亲节等值得纪念、庆贺的日子，她都会通过微信向同事们传递亲切的祝福，渲染浓浓的节日气氛。

临危受命

在呼吸内科三楼过道的墙壁上，细心的人们会发现，医护人员用简单的材料制作了一个不简单的宣传橱窗，剪贴了一棵枝繁叶茂的"大树"，树枝上分别标着"呵护健康""关爱生命""用爱沟通""用心服务"字样，展现了医护人员的初心使命和美好愿景。

2024年1月，县人民医院开设老年医学科，设在呼吸内科楼4楼，配备6名医师、11名护士和32个病床，内称"呼吸二科"。王少红主动请求兼任老年医学科主任，这意味着她负责的病床将从50个上升到82个。病床

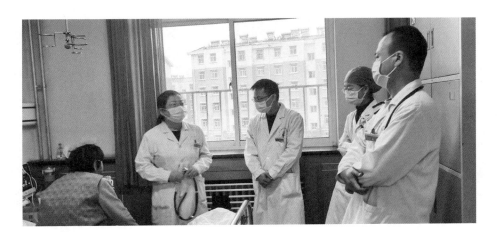

多，收治的病人就多，服务范围扩大，肩负的责任更重了。

面对困难，她还和从前一样，笑眯眯的，充满了自信和乐观。其实，她比谁都清楚，老年医学科都是年事已高的病人，他们需要医生付出更多的心血。王少红每天早到晚归，对工作从不懈怠，从不厌烦这些老年病人。有时抢救病人，她总是守护在病人身旁，直到病人病情稳定才回到办公室，收治下一个病人。

一位从事医护工作16年的赵护士说："王主任平时工作很认真，对病人态度和蔼可亲。在她的影响下，我们科室医师和护士关系融洽，工作上精诚合作。"

年轻的李医师说："王主任业务能力强，专业水平高，在我们呼吸内科挺厉害的。到了冬春季，甲流病人多，科室一位女同志心率较高，细心的王主任发现后，第一时间把她换了下来，自己顶了上去。如此感人的细节还挺多的。"

采访至此，无论是谁都会从内心深处升起一股暖流，如沐春风。王主任爱岗敬业，不禁令人想起美国名医特鲁多的话："有时去治愈，常常去帮助，总是去安慰。"

为医院增光添彩

有人说，把平凡的工作做好就是伟大的。王少红主任的岗位承诺赫然写在墙上：

认真遵守和执行医院的各项规章制度，履行岗位职责，爱岗敬业，吃苦耐劳，加强政治理论和专业知识的学习，开拓创新，与时俱进，全心全意为人民服务！

数十年的笃志追求和砥砺前行，呼吸内科获得了不少荣誉：

2012年，医院护理情景剧比赛团体三等奖、先进集体；

2014年，医院新技术业务奖、先进集体；

2015年，医疗安全先进科室；

2016年，医院先进集体、医疗安全奖；

2017年，医疗安全奖；

2018年，医院先进集体；

2020年，被确定为宁夏呼吸专科联盟成员单位；

2021年，被确定为宁夏科技惠民计划"支气管镜介入技术集成及示范项目基地"；

2023年，医院先进集体；

2024年，医院新技术、新业务奖，被确定为中卫市重点专科。

由她主笔的论文有12篇，其中《酚妥拉明泵入治疗慢性肺源性心脏病失代偿期的临床观察》发表在《中国社区医师》，《联合运用阿司匹林与阿奇霉素治疗慢性阻塞性肺疾病的临床分析》发表在《家庭医药》，《不同吸入方法在慢性阻塞性肺疾病合并呼吸衰竭治疗中的应用》发表在《中国保健营养》。

县人民医院副院长李静说："王少红主任有担当，有些男同志都吃不消的工作，她不但拿得下，并且从不叫苦。县医院正着手开支气管镜门诊，这不，又选派她去厦门医院进修学习，回来后以壮大我院呼吸内科。"

用精湛的医术演绎华彩人生

——记中宁县人民医院医生田占国

秦中全

 **田占国** 1972 年 4 月生，汉族，宁夏中宁人，中共党员。1995 年毕业于宁夏医学院。现任中宁县人民医院儿科主任，副主任医师。先后到兰州大学第二医院、银川市第一人民医院、上海市儿童医院进修学习。宁夏医学会新生儿分会第三届委员会委员、宁夏医学会儿科分会第六届委员会委员、宁夏康复医学会第二届儿童康复专业委员会委员、宁夏医师协会新生儿科医师分会第三届委员会委员。个人多次获得中宁县先进工作者、"十佳医生"、宁夏医学会优秀学会工作者等称号。2022 年，儿科团队被评为自治区三八红旗集体。

　　自古以来，医生都是一个受人尊重的职业。扁鹊、华佗、张仲景、孙思邈等名医的故事广为流传，他们悬壶济世为苍生，为守护人民健康作出了巨大贡献。

　　田占国深知医者的责任，始终坚守入职时的铿锵誓言。"除人类之病痛，助健康之完美"是他从医的愿望，也是他不变的事业追求。他精湛的医术、敬业的精神、高尚的医德深深打动并感染着身边的每一个人。

一

1995年，田占国从宁夏医学院毕业并被分配到中宁县人民医院，做了一名基层儿科医生。从入职的那天起，他笃定要做敬佑生命、救死扶伤的好医生。他刻苦钻研医术，虚心向科室同事学习，为众多危重症儿童解除病痛，使他们获得新生。他的表现得到了院领导的肯定，他先后到兰州大学第二医院、银川市第一人民医院、上海市儿童医院进修，尤其是2019年在上海市儿童医院进修期间，他系统学习了儿科的护理和急救知识，熟练掌握了儿科常见危急重症的诊治等基本技能。通过进修，他的医术从理论到实践都上了一个新台阶。回到单位后，他带领科室成员在专业领域不断探索，运用所学挽救了一个个危重症儿童，受到了院领导及同事的赞许。

人们常说，儿科是一个"哑科"。由于患儿年龄小，耐性差，无法准确表达自己的感受。作为儿科医生，容不得一丝马虎，每时每刻都处于高度紧张状态。田占国秉承"救死扶伤、无私奉献"的精神，不惧风雨，不辞辛劳，竭尽全力救治每位患儿，用爱心和耐心守护祖国的花朵，被众多患儿家长誉为小不点儿的"守护神"。

2022年9月的一天，一名患有1型糖尿病的小女孩到该院儿科就诊，入院时孩子意识不清、循环差，生命体征不平稳，随时有生命危险。田占国立刻进行了仔细检查，当时孩子就被确诊为严重酮症酸中毒合并休克，若不及时治疗，后果不可想象。他望着眼前的小女孩心里矛盾重重，转院治疗，时间不允许；立即治疗，又没有救治经验。科室所有医生都将目光聚焦到他身上。患儿母亲在一旁恳求道："救救我这个可怜的孩子吧！"撕裂的求救声在儿科走廊回荡着。

尽管知道抢救难度大，风险高，但是田占国还是和团队成员迎难而上。危急时刻，一分一秒都弥足珍贵，他毫不犹豫地组织医护团队对孩子进行紧急抢救。

在上级医院专家指导下，经过一天一夜的激战，小女孩终于苏醒了，患儿父母激动得热泪盈眶，悬着的心终于放下。此时，他和团队成员已连续奋战了两天，而像这样通宵达旦的连续工作，对于田占国来说已是常态。

看着生命垂危的孩子在大家的精心救治下艰难地渡过了休克、酮症酸中毒等难关，终于恢复如初，田占国受到了莫大的鼓励。"我们的工作与生命打交道，没什么比救治生命更重要！"在他看来，能够换来患儿的健康，再累再苦也是值得的。

二

天道酬勤，春华秋实。多年来他一步步从住院医生晋升为主治医师、副主任医师，又晋升为科室主任。2022年6月，他光荣地加入了中国共产党，从那一刻起，他更加严格要求自己，在工作中充分发挥党员先锋模范作用，以大无畏的精神、科学严谨的态度，勤于实践，勇于创新，不断扩大业务范围，技术上精益求精。作为一名科室负责人，需要操心的事情更多了，但救死扶伤、全心全意为病人服务的初心没有变。他的日常工作忙碌而充实，白天，带领科室同事查病房、为患儿诊疗；晚上，加班加点整理分析当天业务资料，学习最前沿的业务诊疗知识。他先后在《宁夏医学杂志》《现代诊断与治疗》《吉林医学》《中外医学研究》等杂志发表论文多篇，篇篇论文无不浸透着他的心血和智慧。

作为科室的掌门人，他时时处处率先垂范，带领全科同人践行"求实、严谨、团结、奉献"的院训，艰苦探索，不断创新，适时增加儿科

专家门诊、夜间门诊，增设了智能雾化室和儿保门诊，适度引进中医适宜技术，改善了门诊输液室环境，调整了住院部床位等。各项便民措施大大缩短了患儿就医时间，满足了患儿住院需求，提高了群众满意度。

从医29年，田占国一直在儿科工作，救助的住院患儿超过1万人次，门诊患儿每年也有3000余人次。面对每日繁杂的工作，田占国一直兢兢业业，用心用情地对待每一位患儿。

三

多年来，在田占国的带领下，儿科团队成员团结一心，共同努力，得到了广大患儿家长的充分信任。这背后，田占国和他的团队付出了许多辛苦，废寝忘食的工作也让他没有更多的时间来陪伴家人。说到家人，田占国这位七尺男儿也没能忍住自己的泪水。

从医以来，田占国的手机24小时不关机，随时待命，他以院为家，医院和家两点一线的单调轨迹占据了他全部的生活。

由于工作忙，有一段时间他没有回家看父母，年过八旬的父亲来医院看他。老人家静静地坐在他的诊室外，看着众多等候就诊的患儿及家属，直到中午12点40分田占国才看完最后一个孩子。老父亲说："你给家长说得太细了，12点下班，让他们下午再来看。"田占国说："老爹呀，那怎么能行！有的娃娃是从很远的地方来的，那么远的路，况且娃娃是家里的宝贝，不能有丝毫的闪失。这种情况对于我们科室医生来说都是家常便饭，况且我是一名党员，更要率先带头呀！"

面对妻子和儿子，田占国感到很愧疚。每次妻子打电话问他啥时候回来，等回到家时早已过了之前回复的时间。妻子和儿子深知作为医护人员的辛苦，总是把饭菜放在餐桌上然后静静地等他回来一起用餐，有时候晚餐实在等不住了就先吃完饭去休息了，餐桌上总会有单独留好的饭菜。答应妻子和儿子出去旅游却总是没有时间。妻子有时调侃，能不能把对患儿的爱分给我们娘俩一点儿？儿子上小学的时候总是被他带到医院和他一起值夜班，本来想抽空辅导孩子功课，然而每次都是孩子自己写完作业后在值班室睡着了。繁忙的工作让他无暇照顾孩子，而他只能把对孩子成长的愧疚化作一声声鼓励。

四

作为一名儿科医生，时时要面对救治一个个幼小的生命。2018年8月的一天，医院产房打来电话，一位孕32周的新生儿即将出生，由于胎龄过小，需要儿科团队协助救治。值班医生向田医生汇报情况后，他便和团队成员火速赶到产房。同产科医生分析讨论病情：患儿不足月，存在发生新生儿呼吸窘迫综合征（NRDS）的可能，必要时需要肺表面活性物质注入，以及有创呼吸机辅助支持呼吸。但受当时科室治疗条件限制，建议家属做转院治疗。因孕妇第一胎在县人民医院出生，当时在儿科经过救治很健康，出于对儿科团队的信任，加上孕妇家庭经济拮据，家属明确无条件转院，请求尽力救治。

因孕周低，新生儿出生后出现呻吟、喘息样呼吸，产科、儿科团队有条不紊地进行了复苏抢救治疗。田医生和团队成员认真评估患儿病情后，利用院内仅有的无创呼吸机对早产儿进行了呼吸支持和静脉营养、鸟巢式护理等多方面精心治疗，经过团队的积极救治，小宝宝生命体征逐步恢复平稳，顺利渡过了呼吸关、营养吸收关等重重考验。经过多日的精心护理和治疗，小宝宝顺利出院。后期随访，宝宝很健康，没有留下任何后遗症。此时，田医生如释重负，内心充满了成就感。

田占国介绍，与其他科室医生相比，儿科医生工作要更仔细和耐心，因为成年人能够准确地描述自己的感受，而孩子的症状大多要靠医务工作者的观察，尤其在全托病房内，医生必须要全神贯注地投入每一位患儿的治疗中才能第一时间察觉到孩子的病情变化。

患儿家长纷纷点赞田医生。田医生却说："这是我们应该做的，职责所在，为患儿解除病痛，使其早日康复就是我们医生最大的快乐和欣慰。"多么朴素的话语，多么崇高的境界！

患儿家长感恩田医生和他的团队，敬赠锦旗一面，深表谢意。锦旗上书"精湛医术保健康　高尚医德为患者"，这14个字虽然简短，却铿锵有力，正是对田医生和他的团队仁心仁术的最好诠释。

管中窥豹，可见一斑。田医生救死扶伤的感人事迹还有很多，我难以尽述。29年来，他始终秉承着精益求精、专业负责的赤诚之心，用精湛的医术，带领科室同人年门诊服务4万人次左右，救治住院病人3000人次左右，其中危重新生儿救治中心救治新生儿500人次左右。他和团队成员认真接诊每一名患儿，把众多患儿从死亡线上拉了回来，点燃了一个个家庭的希望。

田占国赢得了党和政府的充分肯定以及社会大众的良好口碑。他所带领的科室先后被自治区评为县级重点专科、自治区三八红旗集体等多项殊荣，他个人连续多年被评为"先进工作者""优秀医师"等。

春风化雨，润物无声。不管是过去、现在还是将来，田占国都始终不忘初心，凭着对儿科的执着、热爱，在平凡的岗位上用一言一行，守护着每位患儿的健康和未来，以实际行动践行医者仁心，用精湛的医术演绎华彩人生。

用爱点燃生命之光　高超医术解除疾病之苦

——记中宁县人民医院医生牛全军

白小山

牛全军　1976 年生，汉族，宁夏固原人，中共党员。现任中宁县人民医院普外科主任，副主任医师。2001 年毕业于宁夏医学院，大学本科学历。曾先后到宁夏医科大学总医院、自治区人民医院、厦门市第二医院进修学习。2008 年参加"西北之光"人才培养获得优秀学员称号，多次被评为县级先进工作者，2023 年被宁夏疝与腹壁外科质控中心评为先进个人。

在中宁县人民医院普外科办公室，我看见了牛大夫。他坐在电脑前，和他的同事认真研究着病历。简单地问候了几句，说明来意，我便开始了采访。

"牛大夫，行医这么多年，最使你难忘的病案是什么？"我问牛大夫。

牛大夫看着我，笑着说："每天都一样，我们的工作就是治病救人。"牛大夫显得很平静。

从医20多年来，牛全军秉承"医者仁心"的理念，急患者之所急，忧患者之所忧，想患者之所想。对待患者不分家境贫富、社会地位高低，都一视同仁。他始终把患者的生命安全放在第一位，认认真真检查，详详细细讲解，兢兢业业施诊。当遇到患者家属不理解时，他便耐心地做好解释工作。不管工作多忙多累都坚持每天下班前查看每一个病人，掌握病人的病情变化。不能正常下班，半夜起来抢救病人是常有的事情。

　　医生工作的专业性很强，对技术要求极高。牛全军大夫通过不断学习，苦练过硬基本功，不断提高诊疗技术水平。

　　中宁县人民医院普外科是个多学科综合科室，急诊病人多，尤其是急腹症及复合伤患者多，容不得有丝毫闪失，特别是对危重症病人来说更是如此。

2022年冬天的一个深夜，北风凌厉，大雪飘飘。身心疲惫的牛全军刚想躺下休息，突然接到急诊科的电话，他急忙穿衣向急诊科赶去。

患者是一名39岁的男子，因车祸致全身多处受伤入院。经CT（X线计算机体层成像）检查后确诊为蛛网膜下腔出血、肺挫伤、多发肋骨骨折合并血气胸、创伤性脾破裂伴腹腔大量积液。当时患者处于休克状态，需补液抗休克治疗。患者血压不能维持或持续下降，即出现神志淡漠，病情有加重趋势。面对此情，患者家属要求转院。多学科医生紧急会诊评估，一致认为患者目前的情况已来不及转院，需急诊行剖腹探查术止血。经与患者家属反复沟通并征得同意后，在神经外科及麻醉科的全力配合下，进行"剖腹探查术+破裂脾切除术"。术中探查腹腔出血约4000毫升，脾脏呈碎裂状，脾门血管活动性出血。牛大夫考虑到如果患者继续出血，随时会有生命危险，脾切除止血后再输血治疗。经过3个多小时的紧张手术，患者终于脱离危险。

术后，患者恢复良好，不久伤口愈合出院。

从医多年，牛全军一直保持着高度的责任心、严谨的工作态度。他牢记救死扶伤的职责，时刻严格要求自己，不断学习医患沟通技巧，从点滴做起，视病人如亲人，从而赢得了病人的理解、支持与尊重。

2022年的一天，一位75岁男性患者因腹痛就诊于中宁县人民医院。牛大夫接诊后，经检查诊断为胆囊结石伴急性胆囊炎，给予输液治疗后，患者症状缓解不明显，且出现发热症状。会诊并查阅相关资料后，发现患者不仅有胆囊结石，而且有胆囊化脓合并胆总管结石，若处理不当，容易引发胆囊穿孔、化脓性胆管炎，进而感染腹腔，甚至危及生命。

牛全军和他的团队对患者进行了术前评估，认为需要对患者马上进行手术。经家属同意后，牛大夫为病人进行了"开腹胆囊切除术+胆总管切开取石+'T'形管引流术"。

术后，病人经过后续配合治疗，1个月后顺利拔除"T"形引流管。

牛全军高超的医术和高尚的医德赢得了患者及家属的赞誉。看到家属满意的笑脸，牛全军更加坚定了自己的使命。

在工作中，牛大夫踏实认真、待人真诚、勤劳朴实、团结同志、宽以待人，从不计较个人得失。无论是工作日还是休息日，他永远将病人放在第一，随叫随到，合理用药，合理治疗。近5年，牛大夫在县人民医院开展新技术新业务5项，均取得了较好的效果。

辛勤的付出，总会有所收获。2008年，牛全军参加"西北之光"人才培养获得优秀学员证书；2020—2021年，被中宁县人民医院评为先进工作者、优秀病历书写医师；2023年，获得宁夏疝与腹壁外科质控中心颁发的先进个人荣誉证书。他连续3年被中宁县人民医院评为先进工作者。

采访不知不觉间到了夜晚，外面，苍穹深邃，繁星点点。牛大夫站在窗前，看着窗外繁华的夜景，沉默片刻，放下手中的医学杂志，拿起听诊器向病房走去……

以赤诚之心践行医道

——记中宁县人民医院医生马静宁

焦自强

马静宁　1976 年 10 月生，汉族，宁夏中宁人，中共党员。1997 年毕业于陕西中医学院，本科学历。现任中宁县人民医院中医科主任，中医副主任医师。宁夏医学会风湿病分会第四届委员会委员、宁夏医师协会风湿病分会第二届委员会委员、宁夏医学会物理与康复医学分会第六届委员会委员、宁夏医师协会康复医师分会第二届委员会委员、宁夏中西医结合学会疼痛专业委员会第一届委员会委员。所在科室 2009 年被评为全国综合医院示范中医科，多次荣获先进科室。个人先后多次被中宁县人民政府、县卫生系统评为先进工作者、优秀共产党员。

　　一个好的医生，一定会将仁爱之心贯穿于医道始终，一定心怀大爱，有救民于病痛的坚定决心，并能勤于学习，勇于突破，不断提高自己的诊疗水平。中宁县人民医院中医科主任马静宁就是这样一个医术高明、心怀大爱的好医生。

　　1976年，马静宁出生在一个医生家庭。父亲是西医内科大夫，受父亲的影响，他从小就爱上了这种能把一个个疼得满地打滚的病人治疗得重新焕发健康神采的神奇学问——医学。他从小就习惯琢磨医学，会站在患者的立场上考虑问题。患者的痛苦表情像针一样扎在了他的身上，病人疼，他也疼；病人治愈后发出舒心的笑，他也由衷地感到欣慰。因为出生在医生家庭，家里难免会有一些人上门寻医问诊。他见过各种各样的病人，也深刻理解疾病带给他们的痛苦。他暗暗下决心，将来一定学好医术，尽最大努力帮助患者解除病痛，救治尽可能多的人。到了上学的年纪，他更是喜欢上了医学书籍，希望从那些文字里找出治疗疾病的妙方，以解除患者病痛。

1993年，马静宁以出色的成绩考入陕西中医学院，开始中医内科专业学习，由此拉开了医路的序曲。

在校期间，他一边努力学习中医内科专业知识，一边阅览中医学经典古籍，用心揣摩人体脏腑、经络、气血、津液的相互关系，深刻领会内科病症的病因病机及其诊治规律，并铭记于心，为日后的从医奠定坚实的理论基础。

1997年，马静宁顺利从陕西中医学院毕业。他没有像别人一样想办法挤进城里条件好的大医院，而是默默地接受分配，到恩和镇卫生院从一名普通医生做起。

马静宁热爱中医事业和基层医疗卫生工作，本着救死扶伤、治病救人的奋斗初心，全情投入医疗工作，爱岗敬业，认真负责，刻苦钻研，积极进取，努力用自己掌握的知识、钻研的技术、积累的经验，在平凡的工作中默默发光发热，尽最大努力帮助患者减轻痛苦，帮助他们恢复健康。

他始终坚持"一切为了病人"的服务理念，秉持医者初心，践行"敬佑生命、救死扶伤、甘于奉献、大爱无疆"的职责使命，将医者仁心贯穿于工作实践，贯穿于医道始终。

马静宁的坚守和努力得到了领导的认可与肯定，2000年他被调至中宁县人民医院中医科，继续从事中医内科工作。

相比医院其他科室，中医科室相对薄弱。马静宁决心改变这一现状，他不断外出进修深造、学习交流，努力提高自己及整个中医科医疗服务水平。他先后到宁夏中医医院暨中医研究院、天津中医药大学第一附属医院、陕西省中医医院进修学习。通过学习，他的诊疗水平有了大幅提高，他迅速把学来的诊疗技术应用到工作实践中，同时将所学无私地分享给科室其他同事，以便大家共同更好地服务病患。

在专业能力和业务水平方面，马静宁坚持中医的辨证施治、标本兼治原则，专于西北地区常见病的中医治疗，长于解决疑难杂症。在临床实践中，他不仅能够准确诊断病情，而且能够灵活运用中药、针灸、推拿等多种治疗手段，帮助患者恢复健康。

马静宁秉承中医"上医治未病"的理念，强调预防胜于治疗。他注重疾病的防治，善于发现疾病的先兆，及时采取调理措施。在具体工作中，他通过中药调理、针灸保健等方式，对患者进行全方位的健康管理。

马静宁擅长针药并举治疗脾胃病、呼吸系统疾病、高血压、糖尿病、颈椎病、腰椎间盘突出、风湿病等。根据他二十几年的临床经验和实践，有针对性、有步骤地给予患者治疗，疗效显著。

20多年来，马静宁业务上不断精进，学识不断提升，他先后当选为宁夏医学会风湿病分会委员、宁夏医师协会风湿病分会委员、宁夏医学会物理与康复医学分会委员、宁夏医师协会康复医师分会委员、宁夏中西医结合学会疼痛专业委员会委员等，并多次获得中宁县优秀工作者和优秀党员荣誉称号。

马静宁始终坚持以病人为中心的服务理念，亲力亲为，心到手到，关心善待每一位患者。无论是面对急重症患者，还是慢性病患者，他都能够耐心倾听、细心诊断、精心治疗，让患者感受到温暖和关爱，他因此深受患者和同行的赞誉。

在马静宁的眼中，患者如同自己的亲人，他愿意花费更多的时间与患者交流，耐心倾听患者的需求。这种温情细致的关怀，使他成为众多患者心中的贴心人。

作为一名中医，马静宁的履历是简单的、平凡的。无论是举办学术讲座，还是开展"千名医师下乡"活动，马静宁都能摆正自己的位置，身先士卒，勇于表率，传递医务人员的服务理念。他时常说，对待医生这个职业要尽心，也要保持底线。他的底线就是服务苍生的医者仁心。

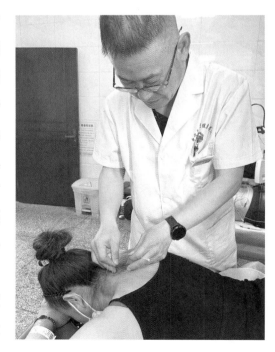

马静宁经常带领中医科室成员深入社区，了解患者的生

活习惯、饮食起居，因地制宜地为患者提供个性化的中医保健服务。他们不仅关注患者的疾病，更关注患者的身心健康，在进行贴心医疗服务的同时，还不遗余力地传递中医的健康理念。

在特殊时期、关键时刻、突发事件面前，马静宁总能够站出来、冲在前、顶得住。他处置突发状况沉着冷静，思路清晰，方法灵活，敢于担当，勇于奉献。无论是参与紧急救治工作，还是深入社区开展健康宣传和教育活动，他都能够积极应对，全力以赴，为保障群众的生命安全和身体健康，他用实际行动诠释了医者的仁心和担当，传达着从医的真谛。

马静宁身上的仁心故事还有很多，但他总是谦虚地说，作为一名医生，不仅要有专业的知识和技能，更要有高尚的医德医风，与患者的需求相比，我们做得远远还不够。

未来，马静宁将继续坚守在临床一线，用自己的知识和技术为更多的患者带来健康与希望。我们有理由相信，在马静宁等医生的坚持下，中医将更加焕发光彩，中医的光辉将照亮每位患者的天空。

守护生命　愿做大医

——记中宁县人民医院医生丁永生

闫学敏

 **丁永生**　1978 年 7 月生，回族，宁夏青铜峡人，中共党员。现任中宁县人民医院外科党支部书记，骨科主任，副主任医师。宁夏医师协会骨科创伤委员会委员、宁夏骨科显微外科委员会委员、宁夏医学会老年创伤委员会委员。2021 年被县卫生健康局评为先进工作者，2020 年、2022 年、2023 年分别被中宁县人民政府评为县级先进工作者。所在骨科是宁夏回族自治区重点专科及中卫市骨科质控单位。

　　丁医生从事骨科临床工作22年，每次看到严重的多发伤患者，他最大的愿望就是用多年积累的经验快速形成行之有效的治疗措施，术前精心准备、术中细心手术、术后规范康复，尽最大努力让病人尽快恢复健康。

　　2023年10月的一天，正在查房的丁医生接到了医院急诊科的电话，请求为一车祸多发伤者会诊。丁医生赶忙向身边的医护人员做了工作交接便赶往急诊科。急诊科门口已被患者亲属围得水泄不通，大家看上去都焦急不安。丁医生一边安慰大家，一边推门而入。此时，院领导及其他相关科室的会诊医师都在紧急商量急救措施。只见床上躺着一位中年男子，面色苍白，神情恍惚。丁医生快速查看了患者生命体征，并仔细看了病人的CT（X线计算机体层成像）及其他片子。检查结果显示：病人双肺上叶及左肺下叶创伤性湿肺，右侧7根肋骨骨折，双侧血气胸。胸椎体压缩性骨折合并横突骨折，棘突多发骨折，右下肢股骨多段粉碎性骨折，右侧胫骨上段粉碎性骨折，右胫骨下段骨折……院长和会诊医师一致认为，患者病情危急，需要立即进ICU（重症监护病房）抢救。丁医生补充道，现在需要在立即输血的前提下马上对患者右下肢进行伤害控制，并在麻醉下行右下肢跨髋关节、膝关节、踝关节的外固定支架固定治疗。他的方案得到了大家的一致认可，可患者家属并不完全信任中宁县人民医院，要到上级医院治疗。丁医生义正词严地告知患者家属，如果不立即输液和输血处理，病人会因失血过多而危及生命。看到伤者流血不止并已休克，家属最终同意在中宁县人民医院急救治疗。病人被立即送到ICU，丁医生为患者创新性地使用了右下肢超长外固定架临时固定，在其他多学科医师的合力施救下，患者失血性休克得到纠正，生命体征也逐渐稳定。因为急救措施得当，患者很快转危为安。几天后患者的病情平稳，又转入骨科进一步治疗。

经过骨科全科医师的讨论，丁医生会同多名骨科医师分期为患者成功完成了股骨、胫骨平台骨折及踝关节骨折切开复位钢板内固定术、髓内钉内固定术。经过多日治疗，患者逐渐好转。其间，患者家属多次向丁医生及骨科医护人员道歉，并表达了深深的谢意。

患者之所以能康复出院，不仅是因为丁医生精湛的医术，还有他那勇于担当的品格，以及中宁县人民医院多学科团结协作的强大合力。

作为一位医生，不仅要有精湛的医术，还需要有仁爱之心。2011年，丁永生所在的骨科接收了一位姓杨的男性患者。

小杨是中宁县大战场人，本来拥有一个幸福的家庭。一天，小杨突然感觉双腿疼痛，进而难以行走。随后到区内多家医院就医，均被诊断为急性闭塞性脉管炎。经过数月的治疗，病情不仅没有好转，反而急速恶化，双腿疼痛异常。无奈，他先后辗转北京、甘肃、陕西等地多家医院诊治，前后一年花了30多万元。到最后，小杨的左侧足趾以及小腿发黑，伴有剧烈疼痛和持续高烧。这些医院的一致结论是必须截肢，否则性命难保。手术费至少需要10万元，这对一个农家子弟来说简直是天文数字，何况前期为了看病早已倾尽所有，债台高筑了。假如继续在外治疗，费用更是难以应付。无奈，小杨家人想转回区内大医院做手术花费可能会少些，不承想费用依然不少。家人看着小杨病情不断恶化，绝望地作出拉回中宁等待死亡的痛苦选择。就在路过中宁县城时，家人又抱着最后一丝希望，将小杨送到了中宁县人民医院急诊科。

当丁医生来到小杨病床前，发现小杨左下肢自小腿中段以下肌肉早已溃烂，散发着阵阵恶臭。必须尽快截肢，否则性命不保。由于病人处于严重的感染性休克代偿期，病情极其严重。对这样的病人立即进行截肢手术，必须面对病人随时死亡的可能性，这对医生及医院来说需要承担极大的风险。丁医生告知了小杨父亲实情。

只听"扑通"一声，小杨的父亲当众跪了下来，请求丁医生给小杨做手术。

生与死，医生早已司空见惯，但面对憔悴、瘦弱的老人，那一刻，丁医生心如刀绞，一向做事果决的他有些犯难了。

"能救活，是他的造化；不活，那是他的天命！"

老人决绝的话语，让丁医生动了恻隐之心。于是，他仔细地询问了小杨的治疗经过及家中经济状况，急忙向院领导做了情况汇报，并谈了自己的治疗方案。在得到院领导的支持后，丁医生立即安排小杨入院治疗。

　　为了挽救在死亡线上挣扎的小杨，丁医生与科室其他医师一边仔细研究病情，查找资料，反复商讨最佳治疗方案，一边做好急诊手术的准备。这时，小杨的脚趾肌肉愈加溃烂，恶臭味在病室内弥漫着。为了便于治疗，也为了方便病人和家属能做些简单的饭菜以减少花销，骨科为小杨设立了专人病房。当手术一切准备就绪，住院6小时后丁医生便为小杨完成了截肢手术。

　　听到手术很成功，小杨的父亲又"扑通"跪了下来，向这台手术所有医护人员表示感谢。

　　初步的截肢手术虽然成功，但还需要后续的伤口换药、观察和治疗，尤其是术后的抗感染、输血补液和生命监护更重要。丁医生为小杨制定了详细的治疗方案，每天叮嘱护士对小杨要格外细心照顾，并一有空就宽慰家属，设身处地与患者家属共同商量筹集费用的办法……

　　术后第三天，丁医生去查房，发现小杨每天吃的竟然是方便面。仔细询问才得知，因为看病家中连吃饭的钱也没有了。丁医生心头就像针扎似的难受，他耐心地讲解了补充营养的重要性，并建议可为小杨购买些鸡蛋或炖小鲫鱼等富含营养的食物。丁医生又在骨科倡议给小杨捐款，并得到了全科医护人员积极响应，共捐款3780元。当丁医生把这些捐款交给小杨的父亲时，小杨的父亲再次流下了感激的泪水，那感人的场景也引得在场的所有人眼眶湿润。

　　丁医生知晓，小杨随后的多次清创手术治疗的费用将是巨大的，这些捐款对于小杨后续的治疗费用来说是杯水车薪，只是科室同志们的一点儿心意。丁医生多次向院领导汇报小杨的治疗情况，医院也在政策允许的情况下为小杨减免了一些住院费用，极大地缓解了小杨家庭的经济负担。

当看到小杨因为治疗过程缓慢，信心不足，再加上经济压力大，心情烦躁时，丁医生就耐心地安慰他、鼓励他。并积极主动与小杨家人谈心，为他们治疗的费用出谋划策。住院期间，小杨血红蛋白很低，根本达不到做多次手术的要求。为了准备充足的血液，丁医生向外科党支部党员发出号召，为小杨无偿献血，并向市血站申请调拨。

在多科室的紧密配合下，经过多次手术和术后康复，小杨不仅保住了生命，而且随着病情逐渐好转，终于在两个多月后顺利出院。

不久，在国家医保政策的支持下，小杨的医疗费用也得到了很大比例的报销，小杨家中的经济困难为此也得到缓解。

丁医生又通过自己在大战场镇的朋友免费为小杨争取了一个在大战场集市的摊位，小杨从此每月有了近千元的收入，先前因小杨患病而离婚的妻子也复了婚。

以丁医生为首的骨科团队，不仅挽救了一个鲜活的生命，而且让一个家庭破镜重圆，这正如有句话所说——用自己的左手温暖自己的右手是一种本能，而用自己的双手去温暖别人的双手，却是一种奉献。

以后每年春节或重大节日，小杨父亲等总会带着自家养的土鸡或其他土特产来感谢丁医生，而丁医生总是予以拒绝。后来实在难以回绝，就以更大价值的东西回赠。10多年来，他们的关系已不是简单的医患关系，而更像朋友或者亲人了。

当然，医患之间并不总是理解、感激和信任，误解，甚至矛盾也是有的，但有宽厚仁爱之心者，总能化解矛盾并得到患者的理解和支持。丁医生对此有着独有的感悟——理解是桥梁，付出是满足，给予是快乐。

一天，刚出差到家的丁医生便接到急诊科需要为一位摔断腿的老人做紧急手术的电话，他以最快的速度赶到医院，并以最快的速度换上手术服走向手术室。这时，手术室外老人的儿子失控地对他吼道："你怎么这么晚才来！你难道不知道我父亲早就进手术室了？老人腿已经断了，疼得晕过去几次了，你难道一点儿责任心都没有吗？"丁医生遭到劈头盖脸的责备。但冷静过后，他很快平静温和地笑着说："很抱歉，我刚刚不在医院，但一接到电话，就以最快的速度赶来了。现在，我希望您能冷静一下，我抓紧手术！"

"冷静？如果手术室里躺着的是你的父亲，你能冷静吗？如果现在是你的父亲你会怎么样？"老人的儿子愤怒地说。丁医生淡然地笑了笑，"我会尽力的，请放心！"男子继续埋怨着，丁医生没有解释什么，平静地上了手术台。

两个小时后，手术顺利完成。丁医生从手术室出来，对那男子说："手术很成功，你可以放心了！"说完便匆匆离开去参加一个会议了。

20多天后，老人出院时，老人儿子推着坐轮椅的父亲一起到骨科给丁医生道歉，并送了一面感谢的锦旗，而丁医生淡淡地笑着说："只要老人的腿能恢复正常，就是我们医生最大的追求！"此后，那男子一家与丁医生经常短信往来，彼此成了要好的朋友。

一个好医生，不仅要有精湛的医术，更要有对待患者温和的态度。丁医生自工作以来，非常重视诊疗过程中的心理疏通。在给病人看病时，始终关注患者的心理变化。他认为，一个亲切的笑脸、一个鼓励的眼神、一句温暖的话语、一个搀扶的动作，对于患者来说就是一味良药。正如古语所言"医者父母心"。

2020年底，丁医生担任医院骨科主任，并兼任医院外科党支部书记，还兼任区内外很多专业协会委员。业务繁忙，行政事务也多，但他总是安排得井井有条，主次分明。他带领的骨科，医护人员有30名，是中宁县人民医院的重点科室之一。各项工作在医院的考核中名列前茅，受到了院领导、同事和社会的好评。近3年，骨科在医院新技术新业务考评中多次获奖。

在丁医生的带领下，骨科团队团结一致，充分发扬奉献精神、求实精神、创新精神。办公室墙壁上挂的一面面锦旗，以及经常收到的对骨科医护人员的感谢信，就是病人对丁医生及科室全体医护人员赞誉的见证。

丁医生多年来养成了一个好习惯，那就是早睡早起，早早到医院查看病人。在他的日志上，很难分得清双休日、节假日还是工作日，患者的需要就是他工作的需要。只要在岗，每天两次按时查房是铁律。没有手术，就与其他医师商讨患者的治疗方案，向护理人员了解患者的病情，制订后续的治疗计划，或翻阅资料，了解国内外骨科治疗的成功经验和前沿技术，不断提高自身业务能力。也许在与路人偶遇的短暂说话间，就会有熟悉的或不熟悉的电话向丁医生咨询病情处置或用药方法，甚至在他下班时间还会有昔日出院的患者上门求教。无论何时，丁医生都会热情、耐心地

给予解答。

丁医生和他的妻子都在中宁县人民医院上班，两人工作都很忙。两个女儿都还小，无人照料，他便劝说远在吴忠老家的父母来中宁帮助照看。大女儿在中宁四中上初中。夫妻上班，中午不能回去，只能早上走时把饭做好，老大放学后自己热饭吃。晚上回家迟，孩子只能先饿着。有多少次夫妻俩在医院与病患在一起，而仅有14岁的老大独自在家。夫妻俩有时会在别人面前夸赞老大硬气，学会独立了，其实内心常常感到对孩子有亏欠，但医生的职责让他们只能义无反顾地走向患者。

温暖常在，感动长存。写一首小诗赠送给像丁永生医生这样心中有大爱、肩上有担当的千万医护工作者。

你们高举铮亮的钢刀，冲向狰狞的病魔。

你们绽放慈祥的微笑，带走痛苦的呻吟。

你们播撒安康的种子，带来生命的希望。

你们挥动道劲的翅膀，带来祥和的霞光。

敬佑生命　医者匠心

——记中宁县中医医院医生王军

白小山

王军　1968 年 11 月生，汉族，宁夏中宁人。1992 年毕业于上海中医学院。现任中宁县中医医院副院长兼骨伤风湿科主任，中医针灸主任医师，自治区重点专科学科带头人。中华民族医药学会理事、宁夏中医药学会针灸分会理事、宁夏中医药疼痛专业委员会委员、宁夏中医药学会针灸分会针灸康复专业委员会副主任委员、宁夏中医药学会导引整脊健康专业委员会第一届副主任委员、宁夏中医药学会针刀医学专业委员会第一届副主任委员、宁夏中西医结合学会疼痛专业委员会第一届委员会常务委员。从事中医针灸推拿临床工作 30 余年，2015 年被中宁县委评为"杞乡名医"。

　　唐代医学家孙思邈在《备急千金要方·大医精诚》中说："凡大医治病，必当安神定志，无欲无求，先发大慈恻隐之心，誓愿普救含灵之苦……勿避险希、昼夜寒暑、饥渴疲劳，一心赴救，无作功夫形迹之心。如此可为苍生大医……"

　　医生用无私的爱心、无限的热情与精湛的医术，帮助患者恢复健康。

仲夏，西北的小城被烈日烤得滚烫。平日里，县中医医院看病的人较多，此刻，只有少数几个人匆匆从医院里进出，看门的保安坐在树荫下打盹。我和王军大夫通过电话，约定下午3点在医院面谈。

我到县中医医院"王军骨伤风湿工作室"门口等了很久，没见到王军大夫，相约的时间过去快一个小时，才看见王大夫从治疗室出来。王大夫身体魁梧，嗓音洪亮，圆圆的脸上带着疲惫的笑容。我和他没聊几句，他的办公桌周围便围聚了很多患者，他无奈地对我笑笑。

患者进进出出，得空，我问王大夫从医这么多年，遇到过哪些特殊的患者或病例。

王大夫看着我说，他们每天都要为患者做常规检查、诊断、治疗，每天的工作都一样，但又充满变化。王大夫给我倒了杯水，接着说，医生的职业就这样，每天都会遇到新问题。

妙手神针除顽疾

患者杨女士，是吴忠市一名退休工人，2023年她的腰疼了两个多月，症状是劳累、久坐后加重，休息后症状缓解不明显。于是她到当地医院就诊，经过药物注射治疗后，疼痛不但不减，反而越来越严重。病痛中的杨女士听说中宁县中医医院有个大夫医术不错，于是就慕名到中宁县中医医院骨伤风湿科找王军主任就诊。经过一周的治疗，杨女士的症状依然没有缓解，并伴随颈部及双膝关节疼痛，尤以双侧腘窝处疼痛明显。王军耐心地询问病史，细心地为她做了体格检查。王大夫严肃地对杨女士说："您这是腰部肌肉劳损、颈椎病及原发性双侧膝关节病引起的疼痛，我们可以通过针灸、推拿、小针刀及PRP技术（富血小板血浆技术）来缓解您的疼痛，建议您住院系统治疗。"王军耐心地解释着，同时给患者讲了成功的案例。

　　杨女士听完王军医生的专业讲解，笑着说："我就是奔着您的高超医术来的，一切听您的安排"。

　　随后住院的几天，王医生为患者进行了系统的治疗，杨女士的眉头渐渐舒展开来。她惊讶地发现，那些让她夜不能寐的疼痛竟然渐渐地消失了。王军精湛的技术和无微不至的关怀，让杨女士感到前所未有的安心。"王医生，真是太感谢您了，我现在一身轻松！"杨女士激动地说。王医生微笑着回应："杨大姐，您的好转是我最大的欣慰。请继续按照我们的指导做康复训练及半个月一次的膝关节PRP治疗，您的状态会越来越好的。"功夫不负有心人，杨女士的病痊愈了，患者携家属为王医生送上一面锦旗，称赞他："妙手神针除顽疾，医德双馨传四方。"

　　从事中医针灸推拿临床工作30余年，王医生擅长运用针灸、推拿、理

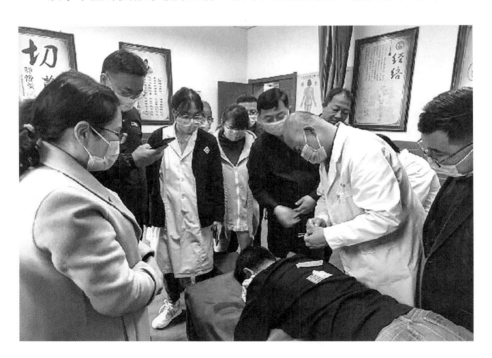

疗、针刀、银质针等疗法和中西药结合治疗头晕、头痛、耳石症、面瘫、中风、失眠、神经性耳鸣、周围神经损伤、颈椎病、颈椎间盘突出症、腰椎退行性骨关节炎、腰椎间盘突出症、强直性脊柱炎、骶髂关节错位、肩周炎、膝骨关节炎、足跟痛、类风湿性关节炎、带状疱疹、脱发等疾病。王军2015年被中宁县委评为"杞乡名医"。

高超医术治耳石症

一个周末，难得休息的王军在家中照顾卧床的父亲，突然电话响起，一个陌生的电话号码出现在手机屏幕上，接通电话，电话那头传来急切的声音："王大夫，你好，我是一个患者的家属，我妻子今天午休后起床头晕、恶心、呕吐，休息后也没有缓解。到医院后听说您是这方面的专家，麻烦您来帮我妻子看一下，好吗？"王军挂了电话后，急忙赶到医院，查看患者病情。告知患者家属："这是良性阵发性位置性眩晕，一种常见的眩晕症。由于各种原因耳石脱落，进入半规管，当头位变化时引起的耳石颗粒及内淋巴液流向位于半规管前部的嵴帽，刺激半规管的毛细胞引发短暂的水平眼震，并伴随眩晕、呕吐等症状。你不用太担心，做完手法治疗基本就能缓解。"经治疗后娄女士头晕、恶心症状明显缓解。

作为一名专业医生，王军细心地向患者讲解病情："虽然没有明确的方法可以预防耳石症，但避免突然的头部移动和保持头部稳定，可以帮助减少发作的风险。总之，耳石症是可以有效治疗的，大多数患者在经过适当的治疗后都能够恢复正常。"经过3次治疗后，患者眩晕、呕吐症状完全消失。

一天，正在办公室整理病历的王军突然听到有人在叫他，抬起头，看到娄女士手拿锦旗，激动地说："王医生，我的眩晕症好了，要不是遇到您，我觉得真是没法活了。这一切的改变都离不开您高超的技术和无私的奉献。"

个性治疗出秀发

詹女士，37岁，因工作压力较大，睡眠质量差，饮食不规律。近两个月，她的头发大把大把地脱落，头部出现多个圆形脱发区域，直径为1厘米至3厘米不等，边缘清晰，无红肿、瘙痒等不适症状。脱发区域逐渐增多，波及整个头部，部分脱发区域开始出现稀疏新生毛发，但生长速度缓慢。患者的内心充满了焦虑和不安。一次，患者无意中在手机中刷到了中宁县中医医院公众号，看见了脱发门诊的介绍。抱着试试看的心态找到了王军医生。在询问病史的过程中，王医生发现詹女士的顾虑很多，就耐心地给患者讲解此病的发病过程及治疗的安全性。詹女士听后，接受了治疗建议。王军为她制定个性化的治疗方案。一个月的治疗，詹女士局部斑秃部位少量新发生长出来，斑秃面积逐渐缩小。患者的情绪有了很大的改善，治疗信心十足，积极主动地配合治疗。

二次治疗后，詹女士高兴地走进诊室："王院长，您看我的头发，原本以为我得了不治之症，出门的勇气都没有，现在我可以自信地出门了。现在脱发的患者太多了，我一定要大力地宣传。您真给脱发患者带来了福音，我发自内心地感激你，我们全家人会永远记得你。祝您万事如意，好人一生平安！"

辛勤耕耘结硕果

工作以来，王军曾多次荣获自治区、市、县优秀工作者荣誉称号，通过不断地学习和积累，引进开展了许多新技术新业务，如小针刀、短杠杆微调手法、内热针、Epley手法复位、三氧自血疗法、臭氧髓核消融术等先进技术。王军主持完成了自治区科技攻关计划项目《微创埋线技术的临床应用与示范》。2017年被中宁县委、县政府评为优秀工作者，2018年荣获"中宁县最美科技工作者"荣誉称号，2019年获得自治区五一劳动奖章，2021年9月被确定为第二批享受中卫市政府特殊津贴人选。在《中国针灸》《上海针灸杂志》《辽宁中医杂志》《陕西中医》《山西中医》《宁夏医学杂志》等医学杂志上发表论文10余篇。

夜幕渐渐降临，苍穹繁星点点，王军端着一杯枸杞茶站在窗前。明天又将是充满挑战的一天，但他已经准备好再次迎接新的挑战，继续在这条医者仁心的道路上前行，为这份光辉的职业贡献自己的绵薄之力。

"医"路逐梦践初心

——记中宁县中医医院医生魏齐

王会平

魏齐 1981年6月生，汉族，宁夏中宁人，中共党员。2005年7月毕业于北京中医药大学，医学硕士。现任中宁县中医医院副院长，副主任医师。2018年度中卫市青年岗位能手，第六批全国老中医药专家学术经验继承人。中国中医科学院广安门医院"西部之光"访问学者、中华中医药学会风湿病分会青年委员、中国民族医药学会科普分会理事、宁夏中医药学会风湿病分会副主任委员、宁夏中医风湿病专科联盟副理事长、宁夏医师协会中医师分会第一届委员会常务委员、宁夏中医药学会导引整脊健康专业委员会委员、宁夏中医药学会针刀专业委员会委员、宁夏中西医结合学会眩晕病专业委员会委员、宁夏中医药学会治未病专业委员会委员。擅长风湿免疫类疾病诊疗。

我期待，最美的黎明；我祈祷，看到身边每一个笑脸。

——题记

有位哲人说："人生的旅途充满了各种各样的挑战和机遇，而我们的梦想就如同埋藏在心灵深处的种子。我们一旦关注和培育它，它将在我们的内心发芽、开花和结果。"

20多年前，中宁县宁安镇一个村庄里有一位少年，因从小目睹了庄稼人"汗滴禾下土"的艰辛，无数次听到农家院里乡亲们患病时的呻吟，于是便萌发了长大学医、为父老乡亲解除病痛的梦想。从此，他发奋读书，认真学习，后来考入北京中医药大学，学成归来后，投身家乡医疗卫生事业。他就是中宁县中医医院副院长、副主任医师魏齐。

孟夏之日，万物并秀。5月中旬的一天，风和日丽，我如约来到中宁县中医医院，走进中医医院综合大楼，随处都可以感受到浓厚的中医药文化。魏齐医生到一楼迎接我。初见魏齐医生，他戴一副金边眼镜，穿着整洁的白大褂，眼含睿智和热情的光芒，浑身洋溢着儒雅的气质。交谈间，魏齐一口中宁方言，声音柔和，一下子拉近了我们的距离。一番寒暄后，魏医生说道："作为一名中医大夫，我做的都是非常平凡的工作，当初选择医生这个职业，就想救死扶伤、为病人解除痛苦。医院里比我优秀的医生有很多……"倾听间我索性放下了事先准备好的采访提纲，和他拉起了家常。魏齐打开了话匣子，谈起了从医路上的往事。

2000年7月，魏齐考入北京中医药大学，经过5年的苦读，2005年7月大学毕业后他毅然回到老家，在中宁县人民医院从事中医临床工作，第二年考编进入中宁县中医医院，从此开启了新的从医之路。由于他勤奋好学，很快掌握了中医常见疾病从防到治的基本方法，赢得了领导、同事和患者的信任。

医者仁心是中国医学伦理观念，意思是医生应该具备高尚的道德品质和仁爱之心。从穿上白大褂之日起，魏齐就一直在努力践行着"医者仁心"的理念。每天进入病房，他总是微笑着与患者和患者家属打招呼，像对待亲友一样，但在检查身体、询问病情、健康宣教和解答患者问题等环节又表现得一丝不苟、沉稳可靠。

有一名截瘫患者，腰部以下瘫软。大小便失禁，在骨伤风湿科住院期间，没有陪护人员，心情很沮丧。魏齐便主动嘘寒问暖，小心翼翼地搀扶病人到治疗床上接受治疗。得知患者生活困难，魏齐就想方设法为患者省钱，有时候还免费为其针刺、艾灸，掏钱为患者买饭，为患者熬中药。出院时，魏齐再三向患者叮嘱出院后的注意事项，患者万分感动，家属送来一面锦旗表示感谢。

患者刘女士因长期心悸、心慌、失眠引起焦虑、抑郁，慕名到中宁县中医医院。魏齐接诊后，先给患者递上一杯热水，一边微笑安慰患者，一边询问病史。刘女士本来没抱太大希望，魏齐几句安慰的话语便让她打开了心结，流下了激动的泪水，于是把内心的委屈都倾诉了出来。魏齐在为她治疗的同时，辅以心理疏导，取得了事半功倍的疗效。调理一个月后，刘女士心悸、心慌的情况得到改善，抑郁的情绪也逐渐好转。

像这样的感人事例还有很多、很多。魏医生常常说，作为中医大夫，就是要以人为本，以治病救人为目标，对病人多一点儿细心与耐心，做一名有温度的医生。在他看来，与患者沟通，耐心地询问和关怀，能帮助患者缓解焦虑情绪，减轻其心理负担，也能拉近医患之间的距离。他坚信，一个亲切的笑脸、一个鼓励的眼神、一句温暖的问候、一个细心的动作就是一味良药。

作为一名医生，只有扎实的专业知识和过硬的专业技术才能赢得患者的信任。中医的成长相较于其他职业来说更为缓慢，扎实的理论知识和行之有效的辨证施治都需要经年累月地问诊、研究经方，才能慢慢积累出

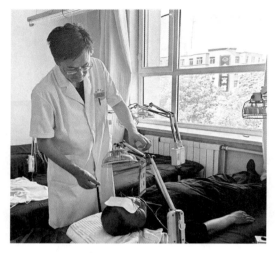

来。自2005年入职以来，魏齐在工作中不断学习，苦练基本功，孜孜不倦，竭尽全力。为夯实基本功，他不断学习新知识、新技术、新疗法，通过外出进修、拜师学艺，了解本专业疾病研究的新动态，积累新经验。

魏齐曾经接诊过一名有10年类风湿病史的患者，由于长年累月地在庄稼地里干活，风里来雨里去，没日没夜地劳作，落下了类风湿性关节炎的毛病，经常手关节、腿关节疼痛，手上、脚上的关节都变了形，慢慢地，病情越来越严重，走两步路双腿都酸软，痛起来大汗淋漓，简直是生不如死。经过魏齐的精心治疗，患者病情得到了有效缓解。患者对魏齐再三表示感谢。魏齐从这件事情中看到了患者的不易和医学的无奈，他暗暗发誓，一定要在技术上精益求精，为患者解除病痛。

室外，灯火闪烁，加班已成为魏医生工作的一种常态。很多时候年幼的孩子总打电话追问："爸爸，都下班这么久了，你怎么还不回家呀？"

说到风湿性疾病，很多人都觉得只有老年人才会得这种病，其实不然。如今，许多年轻人也被风湿性疾病所困扰，年轻人患风湿性疾病的原因有许多，比如遗传、不良生活习惯、环境因素等。此外，感染、内分泌紊乱等，也是诱发风湿性疾病的主要原因。这种疾病所带来的困扰太多，又很难根除。为攻克这一顽症，魏齐萌生了读书深造的想法。经过认真复习备考，2012年9月他如愿考上了宁夏医科大学风湿病方向的硕士研究生，完成学业后，中西医结合的风湿病治疗成了他关注和涉猎的新领域。

有一个身患类风湿性关节炎的女性患者，刚到中宁县中医医院住院时，全身关节畸形，功能活动丧失，躺在病床上不能动弹，整天唉声叹气。作为主治医生的魏齐，采取安全有效、经济实用的方法为她治疗，经常到病床前，鼓励她振作起来。经过一个半月的治疗，患者的情况好转，终于站了起来，她特别激动，对魏医生赞不绝口："魏医生，您的医术高明。"出院后，这位患者还把有病的亲戚、朋友都介绍给魏齐来看，口口相传，慢慢地，魏齐的患者越来越多，口碑越来越好。"每当看到自己治疗的患者顺利康复，都会有满满的幸福感和成就感。"魏齐自豪地说道。

"不治已病治未病"是《黄帝内经》提出来的防病养生理念，即医学的最高境界是在疾病未发生前就进行预防和保健。对于治未病，魏齐医生有着自己的见解。他认为，疾病的发生往往是由微小的因素积累而成，因此，在日常生活中应该注意防范，做到防微杜渐、防患于未然，只有这样，才能减少疾病的发生。治未病这一理念熠熠生辉，至今仍对我们的生活产生深远影响。谈到治未病，魏齐结合糖尿病的预防与治疗娓娓道来，让人耳目一新。

魏齐从小就喜爱阅读，尤其爱读古典文学，同龄人眼中枯燥乏味的典籍，在他看来比游戏、电视剧更具吸引力。上大学时，魏齐第一次接触到中医典籍后，一下子就被其魅力所折服。成为中医大夫后，他依然保持着良好的阅读习惯，始终坚持读书学习。学医的人都知道，中医理论体系庞大，经方论著晦涩，所以学中医成长周期漫长，但那些经典又是古代医家的智慧结晶，只有反复阅读，才能理解透彻，掌握要义。所以，闲暇之余，魏齐都会反复研读晦涩难懂的中医药典籍。在他看来，古方是至宝，每次阅读都会有新的感悟与收获。通过阅读中医典籍，他不仅学到了中医文化的精髓，而且学到其中蕴含的中国古代哲学思想与为人处世的道理。

时光如白驹过隙，转眼之间魏医生已从医19年。从普通医生、科室主任，再到医院副院长，职位在变，初心不变。魏齐坚持从事临床工作、门诊坐诊。此外，他还经常参加各种进乡村、进社区的义诊、宣传活动。在活动中，魏齐运用中医方法为患者解除病痛，同时，积极宣传中医相关知识和中医文化，让大家了解中医、信任中医，为发扬光大中医贡献自己的一份绵薄之力。他的年门诊量达4500余人次，年收治住院病人达1300余人次。中医治疗特色突出，中医骨伤及中医风湿病治疗效果明显，他因此获得了县内及周边患者的一致好评。他公开发表了《清脉饮及其拆方对兔动脉粥样硬化闭塞症模型NO及ET表达的影响》《温阳法治疗周围血管病经验举隅》等多篇论文，在《新中医》杂志发表的《杨仓良运用原量经方治疗类风湿关节炎经验介绍》一文2020年被《中国中医药年鉴（学术卷）》引用。论文《从毒论治结缔组织病相关肺间质病变》被学术论文专家评审委员会评为2023年度"百佳优秀学术论文"，并荣获金奖。各种荣誉纷至沓来，第六批全国老中医药专家学术经验继承人、中国中医科学院广安门医院"西部之光"访问学者、中国民族医药学会科普分会理事、宁夏中医药协会导引整脊健康专业委员会委员、宁夏中医药协会风湿病专业委员会副主任委员、宁夏中医药协会针刀专业委员会委员、2016年度中宁县青年岗位能手、2018年度中卫市青年岗位能手、2019年"西部之光"访问学者。面对各种荣誉，魏齐却很低调，把一摞摞的荣誉证书、患者赠送的锦旗都藏在柜子里。他认为，荣誉是对他最好的鞭策，为患者解除病痛才是永远的工作追求。

采访中我问魏齐："你有没有到外地医院发展的想法？"魏齐坦率地告诉我，曾经有银川的大医院向他抛出"橄榄枝"，并承诺高薪，他心动过，还偷偷跑去参加招聘考试并取得了优异的成绩，但犹豫再三，最终还是放弃了。他舍不得离开杞乡中宁，这里有他的父老乡亲，从小到大，他对家乡有着一种魂牵梦萦的情愫，现在回想起来没有什么可遗憾的。

离别时，我问魏医生有什么愿望？魏医生说："我希望通过不懈的努力与付出，让天下少疾，减少患者的病痛，让更多的人体验到中医的力量，实现医者的价值。"在魏齐的人生中，"天道酬勤"是他永远的座右铭。听着魏医生发自肺腑的话语，我突然想到了印度著名诗人泰戈尔的诗句："花的事业是甜蜜的，果的事业是珍贵的，让我干叶的事业吧，因为叶总是谦逊地低垂着它的绿荫。"

仁心仁术行大爱　大医精诚写春秋

——记中宁县中医医院医生王兴

拓明芳

王兴　1967年4月生，汉族，宁夏海原县人，中共党员。1993年毕业于宁夏医学院中医系，大学本科学历。现就职于中宁县中医医院，主任医师。参加工作30多年来一直从事中医临床工作，擅长运用经方治疗内科常见病、多发病，尤其对消化系统、呼吸系统、泌尿生殖系统疾病，以及顽固性失眠、抑郁、顽固性便秘等治疗效果明显。2022年被宁夏回族自治区卫生健康委确定为第八批"全国基层名老中医药专家传承工作室"指导老师。

　　儒雅秀颀、白衣翩翩的王医生，颇有些道骨仙风，一点儿也不像50多岁的人，就那样安静地坐在摆满医学典籍的办公桌旁，愉快地跟我聊起他30多年来行医治病的故事。

　　1993年7月，王兴从宁夏医学院中医系毕业，并被分配到中宁县中医医院，从此便满怀悬壶济世、治病救人的豪情壮志一头扎进中医临床工作。他一边利用学校所学的中医学知识自己摸索，一边向同科室有经验的

医生请教，希望尽快丰富自己的临床经验，更好地为乡亲们治病。但面对复杂的病情，尤其是顽固性失眠、顽固性便秘等疑难杂症，他变得没了信心。

看着病人渴望的眼神，王医生没有放弃，他开始在繁重的临床工作之余，一边夜以继日地潜心研读《黄帝内经》《伤寒杂病论》《千金方》《本草纲目》等中医经典，汲取古书精华，一边赴北京、南京、上海等发达城市参加国内高层次中医学术论坛，向参会的黄煌、郝万山、王三虎等国医大师虚心求教，以期通过勤求古训、博采众方，快速提升自己的中医理论和临床诊疗水平，再结合自己多年积累的临床经验，总结出治疗临床疑难杂症的有效方剂。

采访时，我看到王医生电脑桌面上密密麻麻的中药处方，令人眼花缭乱，但王医生讲得头头是道，哪些患者有消化系统、呼吸系统疾病，哪些患者有泌尿生殖系统多发病，哪些患者患顽固性失眠、顽固性便秘、顽固性咳嗽、不孕不育、女性更年期综合征，等等。

30多年，无论是刮风下雨还是寒冬腊月，王医生总会准时到岗，从没有延误过病人的治疗。王医生除了每天关注慢性病患者的病情，进行有针对性治疗外，还要嘱咐他们日常生活中的注意事项，并及时进行随访。在同等药效下，他会优先选用便宜药，想方设法为乡亲们减轻经济负担，这就不难理解为什么诊室外排着长长的队伍了。提起王医生，一位乡亲满面笑容地说："我们村好多人都到这里找他治病，他医术好，态度也好。每天那么多病人，从来不会摆脸色、说重话，很多外地人都慕名来找他看病呢！"

"好人，好人哪！看了这么多年病，有几个大夫会让我躺在病床上，那么仔细地给我检查肚子呢！"一个刚从治疗室里蹒跚而出的羸弱老人旁若无人地喃喃自语着。

"老人姓毕，是个88岁的孤寡老人。"主治医师拓万涛告诉我，"5年前行直肠癌手术后出现肠粘连、不完全性肠梗阻，经常10天才通一次大便，一直遭受着腹痛、腹胀的折磨，多方求医无果，病人痛苦异常、骨瘦如柴。加上两耳失聪、行动不便，还患有轻度老年性痴呆，沟通极其困难，又无人陪护，每次就诊时裤子都是尿湿的。但王医生从来没有嫌弃过患者身上散发的尿臊味，总是仔细地查体，耐心地大声解释，大胆运用经方大建中汤加减治疗，使老人的病情得到了明显缓解。"

为了方便老人看病，他还给老人留了手机号。老人只要手里的药吃完了，就到医院找王医生，见他不在诊室就打电话。老人听力不好，用的还是老旧手机，每次打电话都根本无法沟通。想到老人行动不便，即使是休息日，王医生总是接到电话后就立刻赶到医院为老人诊治，甚至亲手替老人换尿湿了的卫生纸，搀扶着老人下楼取药再送回家，老人为此感动不已。

其实，找王大夫看病的高龄老人有好几位，他都一视同仁，精心诊治。他总说，老来难。作为医生，应该给他们应有的尊重，让他们在晚年仍能感受到人间的温暖和关爱。

"王医生这种敬业乐群的精神，耐心周到的服务态度，不但深深感动了患者及家属，也为我们这些年轻医生树立了榜样。"拓医师最后满含敬意地说。

王医生每天坚持坐诊，临床带教，到各名中医工作站指导带教，到病区查房，参加疑难病会诊讨论，协助治未病科完成亚健康人群体质辨识和体检健康评估。此外，他还充分利用工作室资源优势，致力于解决中宁县大战场镇移民群众看病难问题。他在大战场镇中心卫生院设立名中医工作站1个，在其辖区所属3个自然村的卫生室也设立了名中医工作站，逐项落实名师工作室人才培养计划和专家临床经验培训计划。接收的7个学徒中，除中宁县中医医院2人外，大战场镇中心卫生院有2人，所属自然村的卫生室有3人。

工作室自2022年设立，已经运行近3年。王医生工作繁忙，但一有空就会到大战场镇中心卫生院村卫生室名中医工作站进行义诊、坐诊指导、临床带教等，他要求每位学员必须做好学习笔记和跟师笔记，并在临床治疗中进行实践。即使他不能到场，也会通过"王兴基层名中医专家"微信交流群，随时共享临床前沿动态和特殊病例诊治验案，远程参与疑难病线

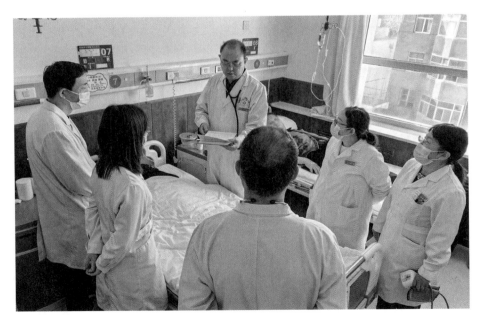

上会诊、业务知识培训，为学徒们答疑解惑，大大提升了学员们的服务质量和临床诊治技术。他的弟子钟文强还被提拔为太阳梁乡卫生院院长，得到当地患者的信任和好评。

王医生拿出一个笔记本给我看，上面工工整整地记录着许多药方。"都是我这么多年整理出来的名方验方，有治顽固性便秘的，有治顽固性失眠的……"他一边给我，一边介绍，"这些方子都可以公开，有需要的可以手抄或者手机拍照。"

这让我有些吃惊，说："不是珍宝不可轻易外传吗？"

"好东西就应该分享，小朋友都知道！"王医生笑着说，脸上闪过一丝调皮之色，"中医博大精深，不是一个或者几个中医大夫就可以传承和弘扬的，需要更多的人精诚合作、共同努力，才能为更多的人造福。否则我当好自己的医生就行了，又何必做名医工作室的指导老师呢！"

"虽然王医生救治过的患者数不胜数，但我觉得他不仅仅是一个治病救人的好医生，还是一位严师。每次讲课培训或者临床带教，都容不得一丝差错，让我们受益良多。他更是一个身体力行传承中医药文化的专家，他总说中医注重疾病预防，强调药物的辅助作用，认为真正的健康来自内外环境的和谐、平衡以及良好的生活习惯。这也是我们治未病科应该传承和弘扬的。"听着快人快语的主管护师马志波的由衷赞美，再看看王医生在各种刊物上发表的十几篇中医学和关于临床研究的理论文章，顿觉他的形象高大起来。

"王医生是我们医院行政党支部的书记，每月的主题党日活动，他总是提前准备好理论学习资料，认真组织支部成员学习，认真贯彻落实习近平新时代中国特色社会主义思想和党的二十大精神。通过督促支部成员写学习笔记和组织谈心谈话等方式，极大地提升了大家的服务意识和责任意识，最大限度地满足了患者的就医需求。"一位护士说。

"对对对，最暖心的还是做工会主席的王医生。节假日不但会在政策允许的范围内给大家发放福利，还会通过组织各种有趣的运动会等活动督促大家增强体质，预防疾病；对于不幸患病的同事，他不但经常打电话询问情况，还亲自上门慰问，并在能力范围内提供资金帮助。"朱护士又接上了话茬儿。

"人的精力是有限的，您每天做这么多的事，能忙得过来吗？到底图什么呀？"听着同科室医护人员的滔滔不绝，我不由得询问。王医生平静地微笑着说："作为一名中医，就应该仁心仁术、大医精诚，不是吗？"

我不由得笑了，思绪却飞得很远，也许，当今医疗系统需要的更多是像王医生这样不仅医术高明、有学识涵养，更要有无私奉献精神的人。中医是中华民族文化的瑰宝，传承中医意义重大。需要我们这一代人，下一代人，代代人对中医事业永怀敬畏之心，认真传承，不断创新，这样才对得起那些秉智慧之烛、光照后辈的杏林先贤。

温暖的医者

——记中宁县中医医院医生孙明

李慧英

孙明 1976 年 1 月生，汉族，宁夏中宁人，中共党员。现任中宁县中医医院针灸推拿科主任，副主任医师。1999 年 7 月毕业于北京针灸骨伤学院中医骨伤专业。从事针灸推拿工作 20 多年，先后到北京、上海学习针灸、推拿、小针刀、内热针等技术。中国针灸学会会员、宁夏区域中医（针灸）专科联盟理事、宁夏中医药学会针刀医学专业委员会委员。擅长运用针灸、推拿、小针刀、内热针等方法治疗脊柱病及软组织劳损性疾病。个人先后多次获得县级和卫生系统先进个人荣誉称号。

2024年5月19日这一天，我满怀敬仰之情，前往中宁县中医医院针灸推拿科拜访孙明医生。

虽然是星期日，但孙明医生并没有休息，仍然坚守在工作岗位上，处理手头各项事务。一见面，他就带我上楼参观了医院的针灸推拿治疗室，七八十平方米的治疗室里放着几十张治疗床，有位医生正在给病人拔火罐，另有几位医生在给病人做着不同的专业治疗。

孙明，中等身材，短寸头，穿着一件简单的短袖，走路较快，说话富有条理，语速适中，声音柔和，很容易让人放下拘束的情绪，很快我便与他聊起关于中医理疗方面的专业话题。

"医生能在病人心里建立起足够高的信任度，病人的病就已经好了一半。"孙医生对一名好医生的衡量，有着自己的一杆秤。依我的理解，一名优秀的医生，不仅要有高超的医术，还应是一个有温度的人。对待病人，用药疗愈，用心治愈，病人的病才能好得快，医生也才能收获满满的成就感。

孙明在朋友圈里写道："余生，希望我可以做个温暖明亮的人，照亮自己，也照亮深爱着的人。"可见，他是一个追光的人，希望像光一样，照亮自己的同时，也照亮别人。谈到传统中医，孙医生说："中医是让人们明明白白地活着，只不过应用的是中医的辨证论治。人们老拿西医来论证中医，这就如同鸡同鸭讲一样。"面对人生挫折，他表现出了豁达乐观的人生态度，"人生在世，无非读书、见人、历事、行路，我们如此用力地生活，只是为了走向更好的路，遇到更好的人！"

"做医生要有慈悲心，才能成为一名好医生。针灸、推拿，一次治疗接近3小时，治疗7天，医生和病人多成了朋友。过去好多人没有医保，有病了忍着不看，来看时多已出现疼痛和麻木症状。病人饱受病痛折磨，刚进医院就想让医生把疼痛拿掉。遇到这样的病人，我会给他们耐心地讲，看病心要长，不要想着一把抓，也不要轻易放弃。现在多数病人都买了医保，哪里稍不舒服，马上来医院检查，这时候病还处于轻微阶段，一般通过针灸、推拿、理疗，很快就能康复。"谈到工作，他有一肚子的话想说。

如若不是对工作有着十二分的热爱，怎会有这番发自内心的自然表达。可见，没有热忱，便无进步。毋庸置疑，孙明对针灸、推拿有着相当高的热忱，始终保持着一颗钟情于传统医学的赤子之心。

"现在街面上开了不少私家推拿理疗室，您有过硬的科班出身的手艺，就没有想过到外面去搏一搏。"我之所以这样直接提问，是因为在我们身边确实是有那么一些人，凭着一技之长，挣了大钱，买了大房子，过上了富人生活。

"当医生不只是为了挣钱，我喜欢上班，我也热爱工作。"他不假思索地脱口而出，"医院春晚，我们科室表演了歌伴舞节目《上班使我快乐》，这个节目道出了我的心声。记得小时候，我在做寒假作业时，不经意间在书页的夹缝中读到了'劳动最快乐'这样一句话，也不知为什么，当时一下子就钻到我心里去了。"

日月如梭，次第新。浅夏已至，无别事。阳光斜照，微风轻拂。夏，是生命的盛放，是岁月的新篇。人生路漫漫，当孙明的心中生起一朵花，那便是岁月的馈赠，染香了他的心灵，也让他的生活更加丰富多彩。

是啊，劳动最快乐！

多么朴素的一句话，却在孙明的少年时代便成了他的座右铭。在往后的岁月，它化作一粒神奇的种子，在一个年轻人的心里，生根、发芽、开花、结果，不仅染香了患者，而且疗愈了孙明自己。

"温柔半两，从容一生。"这是林清玄笔下的淡雅人生。孙明不是林清玄，没有职业作家的动人文笔，可他有救治病人的仁爱之心。凭着对针灸、推拿的热爱，他在业务上不断提升，在思想上积极上进。身为科室带头人，他自知压在肩上的担子更重了，他既没有高高在上，也没有眼高手低，而是俯下身子，治病救人，带好新人，以饱满的热情，投入到技术与体力并重的工作中去。

每个优秀的人都有一段沉默的时光，那段时光是付出了很多努力，却得不到回报的日子，我们把这叫作扎根。孙明的沉默时光，是用来自我充电的书香时光。下班后，他常常醉心于阅读，霍达的长篇小说《穆斯林的葬礼》是他最喜欢的书籍之一。读一本好书，等同于和一位智者谈话。有读书爱好的孙明，徜徉于书海之中，智慧大涨，信心倍增。阅读滋润了孙明心田的同时，也向他打开了一扇连接现实与精神的门窗，把略显沉闷的心变得通透起来。

说起人身上的穴位和中药名来，他可真是如数家珍。他讲到刺盖草时，我的思绪一下子回到了小时候。那时候农村家里地多，孩子放学后都得到地里帮着大人干活。拔玉米地里的杂草是必干的农活之一，一不小心手就被麦芒儿或是其他杂草给扎破，大人就会拔一棵刺盖草，揉碎，和绿色汁液一起按到流血的伤口处，很神奇，立马就能止血。

孙明从小在农村长大，他的父母是中宁县石空镇土生土长的农民，生活来源主要是种地。父母养育了三个儿子，他和二弟是双胞胎。比二弟早出生的他理所当然地成了家里的老大。过去种地，全凭苦力，收成少，生活艰难。他和二弟都是母亲用米汤喂大的。二弟和他，两个一般大的小孩，说生病都生病，父母得同时照顾他俩，还要干地里繁重的农活，想想都难。就这样，他们长大了，上学了。初中和高中的假期，他便到工地上当小工挣钱。那个年代在工地上干一天活能挣到五元五角钱。高中毕业后他成功考取北京针灸骨伤学院，成为该学院中医骨伤专业的一名学生。上大学期间，他努力背诵方剂，并以身试针，体会针入穴位的真实感受。大学期间的每个假期，他依然到工地打工挣钱，那时每天挣八块多钱，干够一个月，满打满算，能攒二三百元，在当时也算是笔不小的收入。孙明的假期打工经历，证明了少年时代印在他脑海里的那句话："劳动最快乐。"

孙明从北京针灸骨伤学院毕业后，赶上了国家最后一批大学生分配，他成为家乡中宁县石空镇中心卫生院的一名正式医生。也是在这里，他遇到了自己职业生涯中的贵人——中宁县中医医院的张万昌主任。张主任听说孙明是北京毕业的科班大学生，很惜才，就把他调到了中宁县中医医院，手把手教他、带他。后来，张万昌主任成了院长，依然对他寄予厚望。进入中宁县中医医院后，孙明更加努力学习，深耕专业知识，2003年到北京广安门医院进修一年。多年来，他在中宁县中医医院针灸推拿科的平凡工作岗位上，凭着实干好学，多次获得县级和卫生系统各种荣誉称号。

孙明没有辜负恩师栽培，从医多年来一直从事针灸、推拿临床工作，近年来门诊治疗患者3万余人次，收治住院病人1000多人次，诊断符合率达95%以上，临床治疗有效率94%以上。2022年5月，孙明带领科室团队创新开展了B超引导下的微创治疗，2023年借助医院高质量发展机会，开展了银质针治疗软组织疼痛及体外冲击波疗法治疗肌骨系统疾病。任职以来，孙明先后发表论文《针灸推拿加独活寄生汤治疗膝骨性关节炎的临床观察》《舒胃汤治疗肝胃不和型功能性消化不良的临床观察》《评价分析腰椎间盘突出症患者接受针灸推拿联合中药治疗产生的临床效果》3篇，得到同行认可。

孙明依然记得自己调到中宁县中医医院后治好的第一个病人。病人患腰椎间盘突出症，本来打算到银川做手术，但没做，来到中宁县中医医院进行中医保守治疗。这个病人接受了他的针灸、推拿疗法后，疗效明显，高兴地回了家。如今，孙明在治疗面瘫领域实践出了新的专长。面瘫的原因众多，实行针灸疗法，疗效显著。他曾经治好一家三口面瘫的病例，一时传为佳话。

"中医针灸、推拿，病人最有发言权，症状缓解了，病人高兴，我也高兴。"

"对我来说，最有成就的事，就是把病人的病给治好了。"

这些简短的话均出自孙医生之口，听起来亲切而有力。

平凡中孕育着伟大，伟大来自平凡。我们常以匠人来命名各行业的拔尖者。孙明在中宁县中医医院这片芬芳的杏林里不懈地努力着，他被更多的病人所需要，我想他的内心也早已被幸福所充盈。

我们每个人走向未来的时光，或许孤独漫长，但希望努力过后都是朗朗晴空。那么，尽管走，走到灯火通明，走到春暖花开，走到苦尽甘来。向上的路既坎坷又崎岖，但要永远保持最初的浪漫，真的不容易。当孙明跨越了一座又一座高山，也就更加接近真实的自己。

纵观传统中医学，古有神农勇尝百草，今有医者以身试针，中医国粹代代传承，正是有了像孙明一样有担当的中医从业者们不懈地努力，才有了今天的巨

大成就。

忽而想起了《荆棘鸟》题记中的一句话："有一个传说，说的是有那么一只鸟儿，它一生只唱一次，那歌声比世上所有一切生灵的歌声都更加优美动听。"

爱出者爱返，福往者福来。不是所有坚持都有结果，但总有一些坚持能于冰封的土地里培育出千万朵怒放的蔷薇。年复一年，春光不必趁早，冬霜不会迟到，过去的都会过去，该来的都在路上，一切都是刚刚好。

杞乡百姓心中的好医生

——记中宁县中医医院医生吴永辉

王学琴

吴永辉 1968年12月生，汉族，宁夏中宁人，中共党员。1991年毕业于宁夏医学院。现任中宁县中医医院外科主任，主任医师。1995年、2002年分别到宁夏医学院附属医院普外科、神经外科进修学习，对下肢静脉血栓、软组织损伤、尿石症、胰腺炎有独到的治疗。主持完成自治区科技厅基金项目《逐瘀汤外洗治疗软组织损伤的临床观察》。2011年获得宁夏回族自治区科技进步奖三等奖，连续多年被中宁县政府、县卫生健康局及医院评为"先进工作者""优秀共产党员"。

从实习生到主治医师，再到主任医师，一步一个脚印，一走就是一辈子。一辈子只待在一家医院，只从事了外科医生一个职业，真的很专注。吴永辉就是这样一个专注的人。

吴永辉，中等个子，身材敦实，鼻梁上架着一副近视眼镜，浑身散发着儒雅的医者气息。1991年吴永辉毕业于宁夏医学院临床专业，23岁就被分配到中宁县中医医院外科工作，至今已有34个年头。

一

1996年的一天傍晚，在家休息的吴永辉接到通知，外科来了一名重伤患者。他第一时间赶到医院，经过检查后确诊该患者为肝脏破裂，随即通知护士赶紧准备手术，需要大量输血！

医院缺血！血库告急！

"大夫，求求你，一定要救活我儿子。"患者的母亲听说后，跪倒在吴永辉面前，哭出了声，"大夫，你想想办法，救救他，他还年轻。"

吴永辉急忙扶起她。看着伤者毫无血色的脸庞，以及刚刚遭受过重创的身体。凝思片刻，吴医生立即把病人需要大量输血的事情上报医院领导，领导拨通了当地部队的求助电话。

吴永辉紧皱的眉头随着十几个献血军人的到来慢慢散去，手术即刻展开……经过10多天的精心治疗和护理，病人的身体逐渐恢复，顺利出院。临别前，小伙子向吴医生深深鞠了一躬。吴永辉心潮澎湃，神圣的职业责任感油然而生。从此，一个救死扶伤的好大夫，开始在中宁县城的大街小巷传开了。

家住白马乡的小林，被受惊的驴踢了一蹄子，肚子疼痛难忍，满地打滚。父子俩从一家医院路过，都没进去，宁可多走一段路，也要到县中医医院找吴医生看看。吴医生给他做了肠破裂修补手术后，身体各项指标恢复正常，没几天便出院了。数年后的一天，壮实的小林专门来了趟医院，恭恭敬敬地把结婚请柬递到吴医生手里。

直到今日，小林常带着孩子来找他看病。当听到孩子甜甜地叫他吴爷爷时，一阵发自内心的激动和欣慰使得年过半百的吴永辉呵呵地笑出了声。

曾经有病人得到吴永辉的治疗后心里十分感激，认为不管怎样也要表示一点儿心意，最简单的办法就是送红包。吴永辉正色拒绝："治病是我的职责，坚决不能收礼。"

一些病人家属一看明的不行，就来暗的，偷偷把红包塞到吴永辉办公桌的抽屉里。他发现后，直接交到住院部，给患者充做医疗费用。还有些病人，家庭条件确实困难，根本看不起病。吴永辉没有把他们拒之门外，一边让患者花最少的钱，得到最有效的治疗；一边向医院申请，减免部分费用。

参加工作至今，吴永辉诊治过的病人数不胜数，每天最少也在60人次。每年都有不少父母带着孩子或孩子的孩子找他看病，患者人数逐年增加。他不光治病救人，积累行医经验，还收获了真挚的友谊。

二

21世纪初，人们生活条件好了，私家车越来越多，交通事故逐渐增多，许多脑外伤患者涌入县中医医院。

为使外伤患者能够得到及时救治，进一步提升神经外科的诊疗技术水平，2002年吴永辉专门到宁夏医学院附属医院进修了一年，这是他工作后第二次走进附属医院，距他第一次到普通外科进修已过去了整整6年。

学成归来，许多患者在吴永辉的治疗下获得新生。2006年，由于各种原因，吴永辉走下脑外科的手术台，他的心里不禁升起一股怆然的失落感。

吴永辉是土生土长的农村孩子，有着西北汉子的爽直性格和坦荡胸怀，没有在痛苦的折磨面前屈服，继续坚守在外科，既然帮不了那些脑病患者，就为甲状腺、消化系统、器质性疾病的患者干点实事。中医与西医的理论基础不同，诊断方法不同，治疗方法也不同，如何让它们取长补短，相互融合。吴永辉的心中燃起了熊熊的火焰。他要做中西医结合的强者，要在"枸杞之乡"发出强音。

吴永辉默默地钻研，以充实自己、武装自己。好朋友劝他，别人咋干咱咋干，非要整啥幺蛾子。他严肃地说，我只想尽自己的微薄之力为父老乡亲干点实事。

望着患者那一双双充满期待的眼睛，吴永辉信心百倍。他冷静地分析每种中药材的成分、用量、效果，记录每次药量调整后的最新数据。

在长期外科治疗及中西医结合的研究和实践中，吴永辉遵循科学方法，推广先进经验，注意及时总结，积累了大量实战资料。他写的论文《逐瘀汤外洗治疗软组织损伤的临床观察》《中西医结合治疗重症急性胰腺炎》《中西医结合治疗脉管炎》《重症颅脑损伤的救治体会》《中药内服外敷治疗下肢静脉血栓疗效观察》，先后在《中华实用中西医杂志》《中华普通外科》《四川中医》等期刊上发表。他主持完成自治区科技厅基金项目《逐瘀汤外洗治疗软组织损伤的临床观察》，在2011年获得宁夏回族自治区科技进步奖三等奖。

2013年，吴永辉参加了第一批全国医生高级职称考试，顺利取得主任医师资质。

三

进入新时代，随着环境的变化和体检的普及，甲状腺结节发生率从6%上升至23.7%，其中女性患者的发病率更高。微波消融术被国内外专家认为是治疗良性结节较好的治疗方法。

因为其安全有效、并发症少、只有一个针眼、疼痛轻、物理切除病灶和手术效果相当、费用低等诸多优势，被广泛应用于甲状腺结节、乳腺结节、周围型肺癌、肝肿瘤、肾肿瘤、下肢静脉曲张等疾病的治疗。

中国医学科学院肿瘤医院韩玥博士、中日友好医院于明安博士、北京301医院于晓玲教授、宁夏回族自治区人民医院周炳刚教授，都是微波消融术的专家。一个个成功的手术案例，一次次启发着吴永辉，他根据县中医医院实际情况，试图探索出一套与其相适应的手术方案。

2019年，在中宁县中医医院领导的关心和支持下，吴永辉联合国内多名专家，在中宁县中医医院率先开展一根针、不开刀、微创精准治疗甲状腺结节的微波消融术。

张女士是第一个到中宁县中医医院接受微波消融术治疗的患者。她的左侧甲状腺结节已有4 cm×3 cm，但手术当天就能下地活动，第二天便出院了。她不禁感叹现代微创医学技术的先进："我今年51岁了，甲状腺结节没开刀，没做腺叶切除，通过微创消融治疗，消除了肿瘤，保留了器官功能，不用服药，脖子也没留下疤痕，我非常欣慰，心里一块大石头落下了。"

吴永辉实施的微波消融术，打破了传统手术观念，保住了甲状腺这只"美丽的蝴蝶"，让患者不再饱受终身服药的困扰。

为此，中宁县中医医院被宁夏回族自治区科技厅、自治区财政厅联合授予"宁夏科技惠民计划微波消融微创精准治疗多脏器实体肿瘤的技术创新及应用示范基地"。

吴永辉利用这项技术治疗乳腺结节，使县中医医院的外科技术大大前进了一步，也为乳腺患者带来了希望。

45岁的中宁县居民刘女士，近两年一直感到乳房疼痛，在一家医院就诊后，医生建议手术切除乳腺结节。正在犹豫时，她打听到中宁县中医医院可以微创治疗乳腺结节，便前往就诊。入院后，吴永辉为她制定了严谨的手术方案，不到半小时就完成微创手术治疗。

"几乎没有疼痛和不适，很快就恢复了正常生活和工作，最关键是没留疤和其他后遗症。"2021年5月13日，刘女士复查时高兴地说，"我的乳腺结节微创治疗只留了一个针眼，保留了完整的乳房。"

自开展微波消融术以来，吴永辉已安全有效地实施了甲状腺结节、乳腺结节、子宫肌瘤、子宫内膜异位症、下肢静脉曲张等手术178例，均获得了满意效果，真正实现了科技惠民。

四

吴永辉希望孩子能继承自己的衣钵——从医，却遭到女儿的严厉拒绝。

孩子不愿学医，并不代表吴永辉的医疗技术和经验无人传承。每年医院都会安排几个大学实习生跟他学习。他常常把工作经验融合到教科书里，充实到实习教材里，期望这些大学生能把探索的目光、攀登的标尺，定在"珠穆朗玛峰峰顶"。

吴永辉带过的大学实习生，有的成为各大医院的骨干，有的走上管理岗位，也有留下来成为县中医医院得力干将的，小谢就是其中之一。

一天，因肝硬化门脉高压食道/胃底静脉曲张破裂大出血，将患者老李推向了极其危险的境地。在这紧要关头，年轻的谢医生主动请缨："吴主任，让我来！"吴永辉信任地点了点头，并指导他干净利落地完成了全部急救措施。在护士长等人的精心护理下，老李脱离了危险。

吴永辉说，大学实习生的理论基础知识都很扎实，我们首先要考虑的就是让他们在医疗实践中锻炼、提高，尽可能让他们多上手术台，像谢医生这样的年轻人很多，进步很快。另外，我们特别注重在医德、医疗作风

上严格要求他们。

在县中医医院有无数个"谢医生"，他们的名字也和他们老师的名字一样，早已铭刻到了每个患者的心中。他们每天都在病人多、加床多、重病员多的超载状态下孜孜不倦地工作着，既要管病人、做手术、搞教学（上课、带实习生）、值班，还要换药、查房、进行特级护理。他们以执着的追求，干练的工作作风，无私的奉献精神，在广大患者的心目中树立起了一座座丰碑。

回顾吴永辉34年的从医路，是一条充满艰辛坎坷的路，是一条浸透心血的路。这条路上，那些从痛苦与死亡边缘挣脱而出的患者，又何尝会忘记这些关闭痛苦与死亡之门的白衣天使？他们如同名扬四海的中宁枸杞，在杞乡老百姓心中树立起一座座丰碑！

踏踏实实做学问　　低调淡泊做临床

——记中宁县中医医院医生黄青

张　兴

黄青　1972年12月生，汉族，宁夏中宁人。1992年7月毕业于宁夏医学院，获中医学专业学士学位；2015年毕业于宁夏医科大学，获临床内科学专业硕士学位。中宁县中医医院肺病科主任，内科主任医师。自治区级重点专科学科带头人。中国高血压联盟基层理事会理事、宁夏医学会委员、宁夏医师协会委员、中卫市医学会脑心同治专业委员会委员、中宁县健康促进健康巡讲专家。首届西北地区骨干医师研修项目、"西部之光"项目高级访问学者。曾多次到山东青岛、甘肃兰州三甲医院，以及宁夏医科大学总医院进修学习。擅长中西医结合治疗呼吸系统、消化系统疾病，以及糖尿病、心脑血管疾病。曾在网络评选"优秀医师"活动中位居榜首，工作期间多次被评为县级优秀等次。

　　成为医生之前，黄青目睹了身边一些人的生老病死，尤其是有的家庭为给亲人治病四处奔波，到处借债，卖掉家里所有值钱的东西，甚至夜宿街头，饥寒交迫，最后人财两空。这些情景深深地刺痛了黄青的心。于是，他立志长大后做一名医生，为人民解除身体上的病痛。为此，他刻苦学习文化知识，16岁考取宁夏医学院，1992年7月以优异的成绩毕业，回到家乡，成为一名医生。2013年9月晋聘为内科主任医师，现为中宁县中医医院肺病科主任。

爱岗敬业的好医生

作为一名医务工作者，黄青自觉严格要求自己，观看警示教育片，不忘初心跟党走，自觉遵纪守法，不以医谋私，廉洁奉公，不收受医药销售人员和患者的红包，积极参加医院组织的各种活动。作为当地知名的医学专家、科室主任、学科带头人、全科主任医师，他在人们的心中有着很高的地位。每逢他坐诊，挂他的号的病人极多，一天他要诊治100多名患者，用中西医结合的方法治病效果较好。

在工作中，他兢兢业业，时刻想着病人的病情，尽自己最大的能力缓解病人的痛苦。经常利用空闲时间继续专业知识的学习。攻读了宁夏医科大学临床学院内科学专业硕士研究生，获内科学硕士学位。多次到山东青岛、甘肃兰州三甲医院，以及宁夏医科大学总医院进修学习。黄医生社会兼职较多，参加了中国高血压联盟、宁夏医学会老年病学分会、宁夏医学会肠外肠内营养学分会、中卫市医学会脑心同治专业委员会。曾参加西北地区骨干医师研修项目，在网络评选优秀医师活动中位居榜首。

想病人之所想，急病人之所急，视病人为亲人。闲暇时，他还给困难患者免费针灸、拔火罐、按摩。几十年如一日的从医路，一批批经黄青精心治疗痊愈后的病人挺着腰杆从病房走出。他很开心，病人康复就是对医生最好的报答，病人的康复也是医生最大的心愿。

有一次，黄医生查房，看到一位男病人穿的衣服很破烂，便从家里找了几件较新的衣服送给病人，病人接过衣服后，眼眶里闪着泪花，连声道谢。有时他还给病人带点饭菜。

工作30多年，作为一名普通的医疗卫生工作者，黄青和其他医务人员一样在平凡的岗位上默默地为医学事业奉献着自己的智慧，他说，医生这个职业是光荣和崇高的，不仅能解除病人身体的痛苦，而且能给病人带来精神宽慰，从而使得人们快乐地生活。一旦选择了这个职业，必须全身心投入，全身心为病人服务。许多患者提起黄医生都竖起大拇指夸赞。

救死扶伤的好医生

2023年8月的一个漆黑的夜晚，狂风肆虐过后，倾盆大雨接踵而至，忽然，一阵急促的电话声打破了宁静的夜晚。

"主任，科室来了一位重病人，速来科室。"电话那头传来值夜班医生的求援声。他迅速赶往医院，科室抢救室内躺着一位生命垂危的老年男性患者，楼道里病人家属焦急地等待着。院领导、医务科、护理部主任都到达了现场。黄医生镇定自若地指挥着医护人员抢救，患者的体温开始回升，血压已接近正常，呼吸由原来的每分35次转为23次，心率逐渐正常，病人的面色开始有了点儿血色，口唇发绀也明显好转。此时，参与抢救的几名年轻护士额头上渗出了晶莹的汗珠，喘着粗气，兴奋地说道："多亏黄主任医术高明，病人抢救过来了，赶走了死神。"医护人员继续给病人输液，继续应用抗休克药物，抢救继续进行。外面的大雨丝毫没有停止的迹象，已是凌晨两点钟了，病人的病情有所好转，血氧饱和度也已回升，黄青建议转上级医院继续治疗。此时，患者家属十分感激，一再道谢，说道："你们是我们的救命恩人呀！"

"谁送病人去银川？"院长问。黄青不假思索地说："院长，我送。"他和护士在两名家属的陪同下，随医院的救护车一同奔向银川。路上雨越下越大，但为了病人，他们已顾不得个人的安危。

一路上多次测量血压、补液，观察病人的病情变化，随时调整治疗方案。受大雨影响，车辆能见度不到50米，每人心里都捏着一把汗。车速快不起来，他们必须悉心照顾病人。3个小时后，救护车终于安全抵达宁夏医科大学总医院急救中心，办理完交接手续后，他们又驱车返回，这时雨渐渐小了，第二天早上8点钟安全返回了科室，又赶上了医院查房，他和同事们又开始了新的一天的工作。

早晨查房之后，黄医生又组织疑难病的讨论，就该病人发表见解，认为该患者是感染性休克，引起多脏器衰竭。此情况多见于70岁以上的长者，并发症多，器官衰竭时出现呼吸短促、血压急速下降、嘴唇及指甲变紫、意识障碍、血液缺氧等症状。需要高级生命支持，所以转上级医院治疗。

从医几十年，黄青也记不清有多少回从死神手里夺回了患者的生命。他不断总结医疗经验，对于有些病症也有了自己的认识和理解，医疗工作中

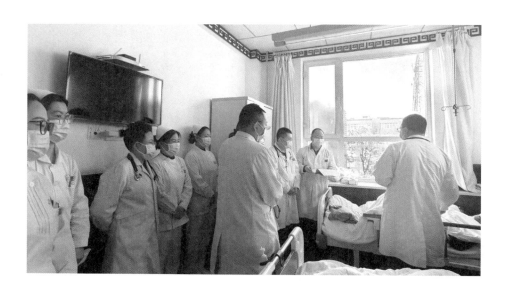

积极创新。先后发表30多篇医学论文，有些论文在核心期刊上发表。《浅谈心痹的辨证论治》《半夏麻黄乌梅汤治疗难治支气管哮喘临床观察》发表于《四川中医》，《急性心肌梗死合并左心衰竭60例临床治疗观察及分析》发表于《中华实用中西医杂志》，《冠心病患者血清sCD40L水平的变化及其临床意义》《低分子肝素与氯吡格雷治疗不稳定性心绞痛65例临床疗效观察及护理体会》发表于《医学信息》，等等。

这些论文凝聚着黄青的心血，不仅是他医疗工作的成果，也是他继续攀登医学高峰的阶梯和动力。这些论文发表于国内知名度较高的学术刊物，足见黄青的学术水平和工作技能是很高的。

凝心聚力的好医生

黄青所在科室有近30名医务人员，是个团结的队伍。2021年除夕夜，处处张灯结彩，万物都沐浴在喜庆的氛围中。医院住院部3楼的许多病房仍旧灯火通明，坐在科室办公桌前的黄主任多想在家里和父母、妻儿一起欢度春节，吃美味佳肴，看着精彩的电视节目，尽情享受家庭的温暖，然而，作为科室主任的他却把这美好的时光让给了其他医务人员，自己在电脑前敲打着键盘，记录着病人的病程，或下医嘱，或巡视病房，竭诚为病人服务。

"动人以言者，其感不深；动人以行者，其应必速。"榜样的力量是无穷的，黄青就是这样以实实在在的行动带领科室的医务人员治病救人，践行初心使命。

科室是一个整体，工作基本上是分工协作，环环相扣，黄医生以身作则，时时激励和鼓舞着科室员工，大家也就任劳任怨，埋头苦干。

黄医生严把医疗质量关，严格要求年轻医生，针对每一位年轻医生的

特点，给他们布置了不同的作业。通过业务学习、疑难病例讨论、三级医师查房等方式，大力培养年轻医生。参加并指导科室医师进行诊断、治疗及特殊诊疗操作，参加并组织对危重病人的抢救，每周主任查房对疑难危重病例进行分析讨论。在他的带领下，肺病科的业务水平、医疗服务水平日益提高。科室工作步入正轨，各项工作有条不紊地运转。

开拓创新的好医生

肺病科于2011年正式成立，设置病区、门诊及支气管镜检查室、肺功能检查室、血气分析室及中医理疗室、胃镜室等。门诊设有肺病专科门诊、糖尿病门诊。拥有无创呼吸机、电子支气管镜、大型肺功能仪、胰岛素C肽检测仪、洗胃机、心电监护仪、除颤仪、微量泵、输液泵、雾化泵、胰岛素泵，且配备有完善的管道氧气供应系统和电子呼叫系统。

在中医临床方面已经开展新业务、新技术，如督脉灸、刮痧、平衡火罐、耳穴埋豆、中药熏洗等。历经十几年的建设和发展，现已成为以治疗肺病为主，兼治脾胃病、消渴病的中西医结合的特色治疗中心。肺病科诊疗技术水平过硬、设施设备完善、人才梯队合理、综合服务能力较强，2015年被评为自治区重点中医专科，2016年被评为中宁县名科室，2023年荣获中宁县中医医院"中国医师节"新技术、新业务三等奖。病人送的锦旗也有30多面。这些成绩的取得，为医院争了光，也是对黄主任团队医务人员的鞭策和激励。

黄医生曾说："我生在杞乡，长在杞乡，美丽的杞乡养育了我，我要用辛勤的劳动奉献杞乡，实现我的人生价值。不忘初心、一路前行、竭尽所能，用平凡的业绩谱写杞乡卫生事业美好的华章，这就是我的杞乡情，这就是我的杞乡梦。"

工作的30多年里，黄医生始终发扬奉献精神，踏踏实实做学问，低调淡泊做临床，以高度的责任感和使命感为医学事业默默付出。以坚韧不拔的毅力不断进取，处理各种繁杂事务，将科室管理得井井有条，业务技能逐步拓展提高。艰难困苦，玉汝于成；一灯如豆，万点星光。他用不懈奋斗，无私奉献，为家乡人民的幸福安康奉献青春和力量。

奉献是首最美的歌

——记中宁县中医医院医生李国武

王菊梅

李国武 1966 年 8 月生，汉族，宁夏中宁县人，民革党员。1990 年毕业于宁夏医学院，现任中宁县中医医院心病科主任，主任医师。宁夏中卫市心脑同治专业委员会副主任、宁夏心病协会委员、宁夏脑卒中委员会委员。从事临床工作 34 年，擅长高血压、冠心病、心律失常、眩晕、失眠等临床常见病、多发病的诊治。其所在的心病科成立于 2010 年，2012 年被评为全国农村医疗机构中医特色优势重点专科，2017 年被评为中宁县名科室，2018 年被评为中卫市重点专科。2020 年，心病科团队参加心血管内科临床全能挑战赛——燎原计划，吴忠赛区获冠军、宁夏赛区获季军。个人多次被评为"杞乡名医""县级优秀工作者"。

中宁县中医医院心病科主任李国武，始终坚持以患者为中心，耐心、细致地治疗每一位患者，为不同的患者制定个性化治疗方案，给予心理疏导，帮助他们树立战胜疾病的信心。

把病人的利益放在第一位，把解除病人病痛作为自己的不懈追求，处处为病人着想、精心诊疗每一个病人。

每当患者入院，他就主动迎上去，热情接待，安慰病人，勉励病人建立克服疾病的信心，给病人留下了深刻印象。

他视事业为生命，待患者如亲人，时刻铭记责任重于泰山。在平凡的岗位上用不平凡的业绩诠释了一名医务工作者救死扶伤的初心。通过辛勤努力和付出，他多次荣获医院、卫生系统及县级优秀工作者荣誉称号。

李国武大学毕业后，没有选择到繁华的城市工作，毅然前往缺医少药的鸣沙镇中心卫生院，运用所学知识为当地老百姓看病，一干就是12年。因为卫生事业发展需要，中宁县中医医院需引进高级人才以更好地为患者服务，他克服种种困难，只身投入新的工作环境。

李国武在新的工作岗位上始终如一，严谨求实，圆满完成了各项工作任务。在平时工作中注重提高个人理论水平及各方面综合素质，爱岗敬业、乐于奉献，加班加点从无怨言，兢兢业业、任劳任怨。在工作中，

"严"字当头,对每一项工作都一丝不苟。他常常告诫科室年轻医师,严管就是厚爱,吃苦是为了更好地服务患者。

到中宁县中医医院工作后,他始终牢记全心全意为人民服务的宗旨,严格要求自己,继续保持不骄不躁的工作作风,忠实履行工作职责,得到了广大患者的称赞。作为主任,他以身作则,吃苦在前,在科室起到了带头示范作用,尽心尽力带领和团结同事做好各项工作。

多年来,他始终坚持把业务学习与工作实践相结合,在学习中提高自己的工作能力,在工作中实践所学的知识。通过自身的不懈努力,获得了大学学历,利用培训、自学等多种方式和途径,不断提升自身的业务水平。

作为科室的业务骨干,他在工作中勤勤恳恳、兢兢业业。心病科工作人员少,病人多,但工作项目多、要求高。他把领导分配的所有工作当作对自己的信任、考验和锻炼,尽职尽责,加班加点,努力完成各项工作。

在心脑血管疾病防治工作中,他主动贴近患者。面对患者的心理问题,及时与他们沟通,使他们进一步了解自己的病情,消除对疾病的担忧与惧怕,树立战胜疾病的信心。在成绩面前,他感到更多的是责任和压力,更加严格要求自己,无怨无悔地投入到工作中,投入到崇高而平凡的卫生事业中,做一名守护人民健康的忠实卫士。

在长期的临床工作中,他始终坚持"一切为了病人,为了病人的一切,为了一切病人"的服务理念,想病人之所想,急病人之所急,时刻把患者的利益放在第一位,团结同事,攻克了一个又一个难关,使许多濒临死亡的心脏病患者奇迹般地转危为安。

一年四季,不论刮风下雨,他常年坚持早7点到岗。2023年冬季的一天,24小时病房连续收治两位急性心肌梗死患者,其中一位70多岁的住院病人突发心肌梗死，急救持续了30多分钟，不间断的心肺复苏并没有使病人有所反应。一般来说，心肺复苏超过半个小时，如果还没有反应，基本可以宣布死亡了。当时连在场的家属都已经放弃了，但他坚持说还有希望，一直没有放弃。经过一个多小时的奋力抢救，终于从鬼门关抢回了病人的命，家属们喜出望外，他自己却累瘫在一边。为继续抢救病人，他连续守护患者24小时，直至患者脱离危险才离开病房。数年来，李国武没有休过一个完整的节假日。一年内，他加了多少班，熬了多少个不眠之夜，连他自己也记不清了。

李国武善于开拓创新，带领科室骨干探索耳穴埋豆治疗失眠及耳尖放血治疗高血压等新技术，完成临床疗效观察，积极总结临床经验，先后发表《中西医结合治疗急性心肌梗死合并左心衰竭30例临床观察》《中风病恢复期本虚标实病机及治疗浅探》等论文6篇。为提升中宁枸杞道地药材知名度，致力于中宁枸杞药用价值研究，他先后发表《枸杞降糖膏联合二甲双胍治疗阴虚型2型糖尿病临床观察》《枸杞养生膏临床疗效观察枸杞养生膏治疗2型糖尿病、高血压病的临床疗效观察》。李国武积极参加学术活动，被聘为宁夏中医药学会心病专业委员会第一届委员、中卫市脑心同治专业委员会副主任委员。

李国武热心公益，乐于奉献，为帮助社区居民提高自我保健意识，提升健康管理能力，他还走进社区、企事业单位和敬老院，结合工作中的典型病例，利用多媒体，形象生动、深入浅出地为大家讲解高血压、冠心病等疾病的保健治疗方法、家庭用药注意事项。李医生编写并自费印刷健康教育宣传资料，免费向群众发放。老百姓高兴地说："健康讲堂进社区，我们受益很大，希望以后多举办这样的活动。"至今他已主讲健康教育课堂百余场，为数千人提供了健康咨询，使很多人避免了心脑血管疾病的发生，为家庭和社会减轻了负担，节约了大量的医疗资源。

他身体力行、言传身教。临床实习是将书本理论知识与临床实践紧密结合的一个重要环节。对医学生而言，临床实习至关重要。多年来，他一直担任科室教学秘书，为了做好心内科临床实习教学，他提出应充分做好带教准备，注重人文素质培养，讲透知识的重点和难点，选择适当的教学方法，受到临床实习生和全科实习医师的一致好评，获得了良好的效果。

李国武不图名，不图利，不计报酬，几十年如一日地工作着，辛苦的付出也换来了丰厚的回报，经他治疗后康复出院的患者多次将锦旗、感谢信送到医院，他从不参加病人及家属或其他人的宴请，拒收一切红包。他还常把自己的手机号留给病人，以便病人随时能联系到他。他因此会不停地接到病人的求助电话，有时在半夜，有时在休息日，无论风雨寒暑，他都第一时间帮病人解决困难。凭借高超的技术和高尚的医德，李国武赢得了病人和同事们的称赞。

当遇到患者家属不理解时，李国武便不厌其烦地做好解释工作。不管工作多忙多累，他都坚持每天下班前详细了解每一个病人情况，掌握病人的病情变化。在工作中，他时刻为病人着想，遇到远道而来的患者，他会跟相关科室联系，建议尽量当天完成检查，明确诊断，以给予及时治疗。

路漫漫其修远兮，吾将上下而求索。李国武带领团队刻苦钻研技术，勇攀医学高峰，为中宁县中医医院心病科事业的发展作出了突出的贡献。

从医多年来，李国武一直保持着高度的责任心、良好的职业道德、严谨的工作态度，并有较强的综合分析能力。面对患者，他牢记救死扶伤的职责，严格要求自己，不断学习医患沟通技巧，以提高服务品质。此外，他还非常重视诊疗过程中的心理疏导，在给病人看病时，时刻关注患者的心理变化。

未来的路他将更踏实地走下去，让热爱这份工作的心，绽放出最灿烂的花朵。

母婴健康的守护者

——记中宁县中医医院医生徐红玲

俞雪峰

徐红玲 1976 年 7 月生，宁夏中宁人，汉族，中共党员。1999 年毕业于宁夏医学院临床医学系，2000 年 12 月至今在中宁县中医医院工作，现任妇产科主任，外科党支部书记，副主任医师。曾先后到宁夏医科大学总医院妇产科、银川市妇幼生殖中心、宁夏回族自治区人民医院妇产科进修学习，掌握了产科急危重症的抢救与治疗方法以及妇科疑难杂症的诊断与治疗方法。现取得盆底中级康复证和初级康复师证，熟练掌握盆底康复的各种治疗方法。

　　一天上午，我从乡下返回的路上，打电话预约采访徐红玲医生，从声音中就能够感觉出来她是一位干练的女人，不急不缓的音调，恰好说明了她的沉稳。见到人，也是同样的感觉。

　　徐红玲，1999年7月毕业于宁夏医学院，自2000年参加工作以来，就一直在妇产科工作。所谓业精于勤，业精于专，用在她身上非常恰当。她从没有想过转业或者改行，正因为如此，专心致志地在妇产科干出了样子，作出了成绩。为提升工作能力，2004年徐红玲自学本科，所学专业依然是妇产科。在徐红玲的办公室书架上，除了几盒档案资料，剩下就是医学方面的书籍。望着书架上摆放整齐的书籍，我问她平时有时间看吗？她笑着说，不学习很难胜任现在的工作。说得自然轻松，没有一丝被采访的紧张和不适应。聊天式的采访让我也感觉到了轻松自如。

徐红玲明白医务工作者的工作职责，也知道自己作为"健康卫士"所肩负的神圣使命。工作20多年，她把病人的满意作为唯一标准，把病人的呼声当作第一信号。只要病人有需要，她都会快速作出反应，这是医务人员最难得、最起码的素质。

行动的一以贯之，彰显着点点滴滴的爱。医疗无小事，生命大于天。刀在石上磨，人在事上练。随着学习和实践的深入，徐红玲的医术更加精湛。家人、同事、病人，构成了徐红玲全部的社会关系。单纯的社会关系，少了社会尘俗杂念，她将所有心思放在了工作和病人身上。即使在年度考核中被评为优秀等次，她也看得稀松平常。

医疗工作，容不得半点儿虚假，没有求真务实、爱岗敬业、一丝不苟的作风很难做到让患者满意。徐红玲习惯早起晚归。仅有一次，因为送孩

子上学迟来了一点儿都感觉心里慌慌的，似乎医院里有好多病人等着她，使她焦灼万分。此后，再没有过迟到现象。早来不是做样子，而是为了忙而有序地开展工作。

她治疗了许多患者，对每一位患者都热情有加、周到耐

心，像对待自己的亲人一样，始终站在患者的角度去考虑问题，想患者之所想，急患者之所急，用爱心、热心、耐心、细心，赢得了患者的高度好评。为了使患者能够得到更好的诊疗，她常常加班，披星戴月，虽然满身疲惫，但内心充实欣慰。选择医生这个职业，就意味着付出和奉献，而她心甘情愿。

吃苦在前，不计较个人得失。面对一次次流行病的考验，"非典"、甲流、禽流感等，她都身先士卒，任劳任怨。每场战斗，都需要一批英勇的战士；每一次殊死搏斗，都会涌现出一批无畏的英雄。

20多年的临床工作，使她养成了勤勤恳恳、踏踏实实、任劳任怨的工作态度。每一次通宵作战中，她的身影都是那么忙碌，在产房与走廊间穿梭，仿佛是一台永不停歇的机器。有时她累到几乎无法支撑，但每当看到产妇在她的帮助下顺利分娩，听到新生儿那清脆的啼哭声，她的心中总是涌起万千情愫，激动万分，感慨万端。每一个新生儿的诞生，都像是一个新世界的到来，令她感到无比骄傲、荣耀、欣慰和满足。

对于妇产科医生来说，接生不仅是工作的需要，更是一种心灵上的满足。在这个过程中，医生能够深刻感受到生命的神奇和伟大，也能够更加珍惜和尊重每一个生命。这种欣喜和满足，也让医生更加热爱自己的工作，更加努力地提高医术，为更多的母婴提供优质的医疗服务。

她没有轰轰烈烈、惊天动地的壮举，只是在平凡的岗位上做着平凡的事情，却用自己的实际行动诠释了一名普通医生的大爱。

2023年底，一位50多岁绝经的妇女找到她，诉说了自己因为宫内节育器多次未取出，心里很焦虑，很担心，希望徐红玲帮她取环。说实话，徐医生心里忐忑不安，几次都未取出，她有多大能耐？技术能高到哪里去？但患者坚持让她手术，对她深信不疑，让她感到被信赖的价值。患者的请求，虽使她心里纠结，但也更加坚定了她的信心。取环需要精准和谨慎地操作，一旦出现差错，会对患者造成严重的伤害。凭着多年的临床经验，她不断给自己鼓劲，取环的过程中，她小心翼翼地操作着手术器械，时刻保持着高度警惕，最终成功完成取环手术。她长长地舒了一口气，紧张压抑的情绪随之消散。成功的手术解除了患者长期以来的心病，患者感到前所未有的轻松和愉悦。

精湛的技术和贴心的服务，给更多的患者带来健康和快乐。医疗工作者就像是一盏明灯，在患者漫长而曲折的求医路上为他们点亮心灯。走进诊室的每一位患者，都带着希望，期待遇见医德高尚、医术精湛的好医生。因为好医生不但能看好病人的病，而且能有效安抚病人的情绪，徐红玲就是这样的好大夫。

工作20余年，由最初单纯进行妇产科常见病、多发病的诊疗和计划生育手术，到如今增加孕前优生健康检查、国家公共卫生服务中的孕产妇管理项目、健康知识宣讲等，徐大夫的工作范围变大，难度增加了。

朴素的认知决定了朴素的感情投入。她晋升科室主任，通过不断提升专业水平，力求为更多的患者提供更好的医疗服务。为普及妇女保健知识，提高妇女的健康水平和生活质量，她经常下乡为喊叫水、徐套乡的孕产妇进行评估，保证孕产妇安全；挤出业余时间到乡镇卫生院、社区、学校进行女性保健知识宣讲。为胜任各项工作，她总是不断进取，高标准、严要求，努力做好工作。珍惜每一次学习机会，通过不断学习妇产科疾病治疗的新知识、新技术和新疗法，了解妇产科医学发展新动向，始终以精湛的医术和饱满的热情投入到工作中，全心全意为患者解除病痛。

2024年4月，一位被便秘困扰了近10年的女性患者，长期依赖药物来控制症状，随着时间的推移，药效逐渐减弱，有时患者连续7—10天都无法正常排便，下腹胀痛不适，不想吃东西，备受痛苦和煎熬。面对患者的困境，她深感焦虑和担忧，希望能找到一种更有效的治疗方法。此时，她突然想到了自己最近学到的一项新技术——盆底肌筋膜手法，她运用这项技术使

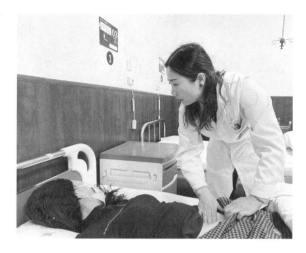

患者便秘症状得到了显著改善。看着患者逐渐摆脱病痛的折磨，她的心情也变得轻松起来。她深知这一成果的来之不易，也更加坚定了使命信念。她把不断满足人民群众的健康需求和对美好生活的向往作为自己的奋斗目标，为实现这个目标不断贡献自己的力量。

"大卫生、大健康"的理念已经深入徐红玲灵魂，大力推动"以治病为中心"向以"人民健康为中心"转变，她信心百倍地带领科室团队开拓进取，创先争优，逐步打造出一条中西医结合的特色诊疗之路。她将继续用精湛的医术和崇高的医德践行救死扶伤的铮铮誓言，用实际行动守护女性朋友身体健康。

手中银针轻　心怀济世情

——记中宁县中医医院医生吴鹏

冯俊祥

吴鹏　1985年5月生，汉族，甘肃会宁人，中共党员。现任中宁县医康养综合服务中心主任。中卫市第一批"智创未来人才"、宁夏针刀委员会委员、宁夏重症康复医学委员会委员、宁夏中西医结合康复委员会委员。先后荣获中宁县"先进工作者""优秀党务工作者""优秀共产党员"荣誉称号。

　　悬壶济世济民苦，望闻问切施妙法。

　　针砭推拿祛顽疾，春风化雨润桃李。

　　一根根银针从一个个穴位轻捻缓拔，患者在稍感麻胀后，经络不畅之疼逐渐消除，顿感轻松了许多；一次次揉捏推拿、敲拍搓按，各种风湿关节疼、颈椎疼、腰腿疼患者，在一阵微微出汗中顿觉疼痛缓解了不少；一副副精准研判、用量得当的药方，使患者如获至宝，充满希望。这些经络不畅者、血管淤堵者、腰肌劳损者、拐胳膊瘸腿者，纷纷从直不起颈脖、下不了床、挺不起腰到变得跟常人一般，成为下地干活的一把好手，生产经营主力军，勤劳致富的排头兵。正如经常到中宁县中医医院看病的李师傅所说："我这偏瘫，多亏遇上了吴鹏这样的好大夫。"

逐　梦

吴鹏，出生在红军会师的地方——甘肃会宁。少年时代的他和许多农家子弟一样，在山大沟深、穷乡僻壤的环境下顽强生活，在艰难困苦的磨砺中，他很快明白了一个道理，要改变面朝黄土背朝天的命运，勤奋攻读是唯一一条出路。因此，他学习十分用功。后来，十分疼爱他的爷爷得了一种怪病，家里东拼西凑，求医问药，最终也没能救得了爷爷，这成了吴鹏一生讳莫如深的心病，从此他发誓要更加好好学习，立志学医，把许许多多像爷爷一样的疑难杂症患者从死亡线上拉回来，让他们颐养天年，享受美好幸福的生活。

有志者事竟成，苦心人天不负。2006年，吴鹏终于如愿考取了宁夏医学院，学习针灸推拿专业，并在毕业前光荣地加入了中国共产党。古人言："生民何辜，不死于病而死于医，是有医不若无医也；学医不精，不若不学医也。"吴鹏明白"医非博不能通，非通不能精，非精不能专。必精而专，始能由博而约"这个道理。为此，他视专业为生命，把坚毅变成青春的内涵，潜心针灸理论研究与实践，广泛涉猎中西医各个学科，不断提升自己的诊疗水平，让生命之花在自强自信中尽情绽放。星光不问赶路人，岁月不负有心人。2014年，他以扎实的理论功底，参加自治区事业单位招聘考试，成为中宁县中医医院一名医生。

仁　心

医生，自古为仁爱之士，以医术济世，以仁心救人。

小儿麻痹症，是由脊髓灰质炎病毒引起的急性神经系统传染病，治疗不及时会造成肌肉萎缩、关节畸形、肢体瘫痪等。中宁县白马乡的一位小儿麻痹症患者因行动不便，病痛反复，多次到中宁县中医医院治疗。由于家庭特殊，没人陪护治疗，病痛的缠绕让他感到康复渺茫，一度对救治心灰意冷。吴鹏了解情况后，主动做他的思想工作，减压化疑，让他放下心理负担，以积极的心态配合治疗。没有家人照料，他每天坚持迎来送往，把病人搀扶到病床前为他针灸、按摩。阴雨天，没人帮患者送饭，他怕患者滑倒造成二次损伤，自己掏钱为患者买饭。患者理疗费用不足，他争得医院同意为其免费针灸、推拿。为了根治患者的顽疾，吴鹏采取以手太阴肺经、手阳明大肠经穴为主的宣肺散邪治疗方法，配以合谷、列缺、曲池、风池、大椎、外关、足三里针灸治疗，达到了散风通络、清泻祛湿、散热解毒的效果。在患者的积极配合下，经过科室全体医护人员的共同努力，半年后这位患者康复后行走自如。

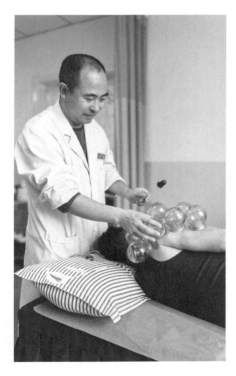

吴鹏对待患者像对待自己的家人。他的关爱，驱散了患者心头的阴霾；他的善心仁德，像一口清泉，像

爱的甘霖，滋润着患者的心田；他搀扶着他们走过泥泞和沼泽，有吴鹏在，胜利和希望就在眼前。吴鹏的举动感动了患者，感染了众人，住院的患者和医院的同事都夸他是新时代的活雷锋。

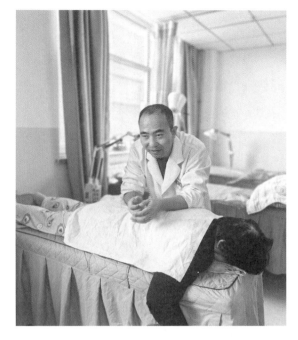

"银针轻捻祛顽疾，药石重调护康宁。宅心仁厚人称颂，医道高超美名扬"，"妙灸神针医百病，德艺双馨传四方"，这是两位康复患者送给吴鹏锦旗上的赞誉之词。

选择了针灸推拿，就意味着要吃苦耐劳。吴鹏化职责为使命，坐诊，查房，判断病情，推拿针灸，一天下来，浑身是汗，累得有气无力，可他无怨无悔，从不叫苦喊累、怨天尤人。

一位患有类风湿性关节炎的病人，全身关节畸形，疼痛剧烈，生活能力丧失，身上还散发着浓重的异味。作为主管医师，吴鹏对她没有丝毫的嫌弃，自始至终全心全意为她治疗。他除了每天到床边为她做治疗外，还不厌其烦地给患者讲类风湿性关节炎的用药及注意事项。后来，那个病人虽然因病情复杂脏器衰竭而亡，但她的家属依旧很感激地对人说："如果没有吴大夫的关照，俺家女人早没了。"科室的同志都说："吴大夫和大家都尽力了。"

求　索

　　一花盛开不是春，百花盛开春满园。针对科室青年医生多、临床经验不足的实际，吴鹏总结自己的行医得失，经常与同事分享用药、治疗和与家属沟通的技巧和心得，手把手地向青年医生传授理疗技术，做好中青年医生的传帮带，大力提升团队技术和整体素质。

　　人不穷理，不可以学医；医不穷理，不可以用药。看到个别治疗方案的无效，许多患者在病痛中呻吟，在无能为力中失去鲜活的生命。作为一名医师，他对患者的不易和医学在一些领域的无奈深有感触，他觉得使命在身，责任之重，压力山大。为此，吴鹏暗下决心，要对疑难杂症和医药科学进行刻苦攻关。在平时工作中，他以万无一失为最高目标；在临床实践上，努力做到高标准严要求，对每位患者的治疗方案坚持反复推敲，力求精益求精。他不安于现状，不墨守成规。他认为，他山之石，可以攻玉。医学宝库有他取之不尽、用之不竭的医学理论，他鞭策自己，要像蜜蜂那样在花丛里奋力采蜜。采得百花成蜜后，为医辛苦为民甜。为能拯救更多患者，他多次申请外出进修，不断提高自己治病救人的本领。

　　吴鹏是中共党员，又是支部组织委员，面对各种艰难险阻，他总是冲在最前面。他在工作中先后多次被中宁县中医医院、县卫生健康局、中宁县政府评为"先进工作者"。

仁心仁术铸良医

——记中宁县中医医院医生陈启亮

姚　庆

陈启亮　1981 年 12 月生，汉族，宁夏中宁人，中共党员。2006 年毕业于宁夏医学院。现任中宁县中医医院儿科主任，内科党支部书记。先后到福建医科大学附属医院、宁夏儿童医院进修。组织成立中宁县中医医院中医儿科特色治疗中心。入选"基层之星"人才培养计划。多次荣获"中宁县先进工作者""优秀党员"等称号。其所在的儿科被评为中卫市重点专科。

　　接到采访中宁县先进工作者、中宁县中医医院儿科主任陈启亮的任务，我就采访的时间和地点与陈医生进行了沟通。考虑到夜晚值班时间病人较少，环境相对安静，在陈医生工作的儿科住院部见面便于更直观地了解其工作环境，我便提出在周五晚间他值夜班时间去住院部拜访他。陈医生很爽快地答应了。

认真负责的好医生

踏入儿科住院部的那一刻，发现情况并非如我所料，儿科住院部的走廊似乎比白天更拥挤。尽管是周五的晚上，仍有不少家长带着小朋友前来就诊，接二连三地走进护士站旁边的医生办公室。病房内住满了小患者，有的在测体温，有的在输液。

医生办公室有些狭小，中间摆放的几张电脑桌占据了大部分空间，陈启亮就坐在一张电脑桌前接诊。这位已步入不惑之年的医生，个头不高，态度和蔼可亲。他讲话的声音很特别，字正腔圆，富有朝气，像个二十来岁的年轻人。患病的小朋友和陪护的家长里三层外三层地将原本狭窄的过道围了个水泄不通。

有个身着校服的小朋友大概是刚放学就马不停蹄地跟着妈妈到了医院，她咳嗽时身体剧烈地晃动着，表情特别痛苦，看来病得不轻。听她的妈妈讲，她听说陈主任医术高明，就慕名而来。陈启亮开了胸片检查单，几分钟检查完后就出了结果。小朋友病情已经发展到肺炎，需要马上住院治疗。无奈病床有限，陈启亮只好给孩子先开了输液治疗的药物，嘱咐家长第二天一早8点再来一趟，倘若有病人出院，就可以安排小朋友住院治疗。

一位操外地口音的家长没挂号就直接把孩子带了过来，说孩子已经发热3天了，因为六一儿童节班里排练节目没法请假，所以拖了几天。陈启亮检查了孩子的咽喉，初步诊断是化脓性扁桃体炎，要进行抗感染治疗，建议立即打吊针，病情不能再拖了。可这位家长一听每次治疗费用好几十元，一个疗程下来要好几百元，面露难色，只要求开点口服药。经过简单的中医治疗后，孩子体温很快就降了下来，陈医生开了些口服药，叮嘱家长带孩子回家观察，如果还发热，要及时来医院就诊。

有一位小患者病情并不严重，陈医生开了点口服药，可家长说打吊针好得快，坚决要打吊针。想必是想趁周末来个快刀斩乱麻，让孩子的病快点好起来吧。

陈启亮和颜悦色地和他们耐心沟通。

"今天赶上周末，病人不算多，以前我值夜班期间的最高接诊纪录是108名患儿，刚刚凑够水浒英雄数，不过，这还不包括40余名住院小朋友。"陈启亮介绍说，与其他科室不同，医院急诊科大夫夜间接诊的对象主要是成人，再加上儿科医生人手不足，所以医院夜间没有安排专门的儿科急诊医生值班，患儿一般直接到儿科住院部看急诊，由住院部值班医生接诊。

陈启亮说，他们每天的接诊量不小，白班门诊平均接诊100人，夜班平均接诊50人。夜间基本上都是通宵达旦，彻夜不能休息。

2023年冬春季节，儿科病患数量长期居高不下。作为科室主任，他带头开启了"5+2"和"白+黑"的高强度工作模式，组建医疗团队24小时应诊，确保患儿能够得到及时救治。"赶上换季，小朋友进入患病高发期，感冒发烧的孩子特别多，早上交班时头昏眼花。有一次我连扶着墙走路的力气和精神都没有了。"

快到晚上10点了，看着等待他接诊的病人的队伍越来越长，我不便再打扰，

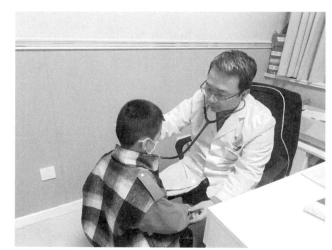

就暂时离开了医院。那一夜，对陈启亮来说，肯定又是一个不眠之夜。工作认真、待人和气、医术高明、沟通能力强，这便是陈启亮给我的第一印象。

用忠诚捍卫责任

陈启亮说他学医和爷爷有一定关系。他的爷爷以前当过县汽车站站长，由于喜欢中医，退休后向一位中医学到了不少见效快、成本低的偏方。亲友有个头疼脑热、消化不良或者不育不孕的病症，爷爷就利用闲暇时间帮助治疗，没想到疗效出奇得好。四方亲友纷纷来寻医问药，就连很多外地人也大老远前来就诊。陈启亮现在还记得小时候经常帮爷爷研磨中药、制作药丸的场景。爷爷待人宽厚，在中医治疗中表现出来的儒雅风格让他特别仰慕，在爷爷的耳濡目染下，他的心中从此埋下了一颗学医的种子。

"选择学医可能是偶然，但你一旦选择了，就必须用一生的忠诚和热情去对待它。"陈启亮笑着说。2001年他考入宁夏医学院，2006年毕业后先是在中宁县人民医院儿科工作了两年。那时候白天除了负责儿科住院部的工作，还要配合妇产科进行新生儿接生和救治工作。

"那时候新生儿出生率高，同事们经常看到我手里抱着刚出生的婴儿在手术室健步如飞。他们都说这个小大夫真厉害，争着抢着给我介绍对象。"陈启亮笑着说。白天工作繁忙，晚上下班前还要把一尺来厚的病历带到家里加班填写。苦一点儿倒没啥，年轻人身体好，精力充沛。但那时候刚从医，对待医患关系认识不深，总感觉自己付出那么多，还有患者不理解，心里很委屈，那时候心里才叫真的苦。"现在看到几年前QQ空间里发的那些牢骚，让人忍俊不禁，那时候真的不成熟。现在我常给科里的年轻医生做工作，我们医生最大的医德就是尽心尽力把病人的病治好，我们是守护患者的天使，要能包容一切，包括病人的误解。"陈启亮说。

千锤百炼始成钢

2008年考取编制，陈启亮进入县中医医院儿科工作。面对各种各样的儿科疾病，他发现自己学的那些知识远远不够用，有些疾病需要中医手段来处理。他是个中医门外汉，对什么君臣佐使、辨证论治等完全不懂。面对患儿家长企盼的眼神，他感到了强烈的责任。从零开始，自学中医理论知识，不断提升中医临床诊疗水平。

在临床工作中，他通过中西医结合方法对儿科疾病进行辨证施治，积极拓展中医外治在儿科中的应用，在儿科推广穴位贴敷、艾灸、拔罐、冬病夏治、小儿推拿、刺络放血等中医特色技术，许多病人慕名而来，满意而归，赢得了百姓的口碑。

每年进修时，他总是坚持学有所得、学有所长，不断提升技能。他和科室的中医团队根据中医"急则治其标，缓则治其本"的治疗原则，对反复呼吸道感染患儿在疾病未发时以治本为主，从调脾、益肺、补肾入手，从而达到提高患儿抗邪能力、少得病，甚至不得病的目的，有效发挥中医药治未病的特色

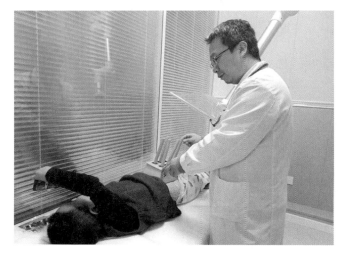

和优势，广受患儿家长好评。

"中医源远流长，博大精深，具有良好的发展前景。中医的天人合一、辨证论治、取类比象、形神兼顾等思维和理念远超现代医学。中医里有道，这个道即是天地规律。"陈启亮感慨地说。

危急关头显担当

作为儿科医生，处理急重症和疑难杂症是家常便饭。陈启亮沉着冷静，时刻以患儿为中心，用行动诠释责任和担当。

让陈启亮最难忘的是一次新生儿抢救，由于孕妇早产加上胎儿宫内窘迫，情况特别危急。他和产科同事在手术室待命，做好了随时抢救新生儿的准备工作。孩子生下来了，是一个濒死儿，心跳、呼吸都没有。陈启亮和同事一起努力，在手术室经过紧急抢救后，新生儿呼吸和心跳逐渐恢复，但仍不稳定。医院的条件不足以支撑后续治疗，为不耽误孩子，他们与孕妇家属商量后，做了转院决定。在去银川的路上，患儿再次出现心跳、呼吸骤停，陈启亮在救护车上有条不紊地组织抢救，正压通气一直没有间断，陈启亮手里拿着呼吸气囊捏了两个小时，成功为患儿争取到送医的宝贵时机，最终安全到达上级医院。宁夏医科大学总医院大夫接过这个新生儿的时候，他才松了一口气。坐在医院走廊休息的时候，陈启亮才感觉双手关节僵硬，没有一点儿力气。最终，新生儿转危为安，家属激动得热泪盈眶，不住地向陈启亮表达谢意。

说到抢救经历，陈启亮感慨地说："工作中，遇到类似的事情有很多，如误服药物的、吸入异物的，我们都无法正常下班，甚至半夜也会赶到医院进行抢救。有抢救成功的欣喜，也有无法完成的遗憾。医生的天职，就是救死扶伤，就是尽最大努力救治患者。"

团队建设有成效

谈起自己的团队，陈启亮充满信心："我们科室现在有8名医生，大部分是年轻医生。有两位以前的科室老领导即将退休或退居二线，现在接力棒传到了我的手里，我必须竭尽所能，也有信心把这些年轻人带好。"

科室注重学习培训，每周定期组织由医生和护理人员轮流主讲的专题培训，以提高团队整体医疗水平。科室借助每年外出深造的机会，不断提升医疗工作者的业务能力。

经过多年发展，中宁县中医医院儿科已形成了结构合理的技术人员梯队，接诊病人逐年增加，科室年门诊、急诊量7万人次左右，接收住院患儿1600人次。科室还成立了中医儿科特色治疗中心和儿童保健门诊，接受中医服务治疗人数每年达2万人次。儿科的业务量在全区中医医院中一直稳居前列，是中卫市重点专科。在坚持中西医并重的同时，注重发挥中医药优势，做到专科有特色，人才有专长，质量有保障，服务更周到，医护人员团结一心，氛围和谐，干劲十足。

做最好的自己

工作中，陈启亮始终将患者的健康安全放在第一位，急患者之所急，忧患者之所忧，想患者之所想。"我们不断提高服务意识和服务水平，努力做到让患者满意放心，医患关系和谐。"陈启亮说。针对近几年儿科病床紧张问题，他和同事想方设法进行解决。能在别的科室借到床位的，尽量协调，并最终在医院领导的支持下改造病房，增设床位15张。他和同事坚守岗位，加班加点，提高诊疗效率，提高床位的利用率。通过增加门诊号源，减少患儿就诊的排队等候时间。"我们医生和护士每个班次都会主动延长工作时间，目的就是能多看病人就多看。"每天的高强度工作，让

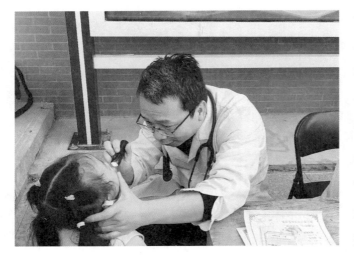

他身心俱疲，可他总说咬咬牙就能坚持过去、就能挺过去。面对诊室内外焦急等待的患儿和家长，他却不忍心让患儿等一等。就连自己的孩子去看病，他也是先让其他孩子看完了，最后才给自己的孩子看。"在这点上，我对自己的孩子和家人很愧疚，本来看病找我是最方便的，可我总是不由自主地先让其他病人看，让家人先等一等。"

一分耕耘一分收获，陈启亮和同事们的努力没有白费。因为儿科服务态度好、医生医术精湛，许多患儿的家长送来感谢信、锦旗和鲜花，科室多年被评为先进科室，陈启亮也多次被评为中宁县优秀工作者等。当谈到处理医患关系的经验时，他分享了古希腊"医学之父"希波克拉底的一句名言："医生有三件法宝，第一是语言，第二是药物，第三是手术刀。"这句名言说明了语言在医疗服务中的重要作用。暖言暖语不仅使患者感到温暖和安全，同时也能调动患者的积极因素，缓解患者的紧张焦虑情绪，增强患者战胜疾病的信心。他感悟道："一名优秀的医者需要具备两项技术，一项是医疗技术，一项是非医疗技术。必须在治疗疾病的同时，更多地去实践，给予病人情感上的支持和安慰，实现心与心的深入沟通。我们改变不了别人，但是我们可以做最好的自己，从而帮助更多需要帮助的人。"

勇担时代重任

从医18年来，陈启亮的体会是：当一名负责任、有担当的医生的确很难。很多和他一起进科室的人，当看到儿科收入比别的科室低或者处理病患事情琐碎时，有干脆转科室的，也有辞职改行的。

"我也在思想上有过怀疑和动摇，但每当看到那些经我治疗的孩子恢复健康时，我就特别快乐，特别有成就感。少年儿童是国家的未来，每次想到此，我就觉得儿科的使命重大，就鼓励着自己坚持再坚持。当然，能够坚持到现在，与家人的理解和大力支持也息息相关，尤其是我的爱人，她为了我付出了很大牺牲。科室里那些老领导、老专家的帮助和栽培，使我快速成长了起来，使我对职业和人生有了更深刻的理解，以及这份职业带给我的归属感、获得感和幸福感。但归根到底，还是因为我们遇到了一个伟大的时代，是这个时代赋予我们对未来美好生活的渴望，是国泰民安的社会环境让我们有幸从事自己喜欢的工作，让我们成为一个更好的自己。生逢盛世，当不负盛世。作为新时代的医生，我们要坚守初心，勇担时代赋予的责任。"这是陈启亮动情的结束语。

救死扶伤，用医者仁心为患者解除病痛。初心如磐，争做有理想、敢担当、能吃苦、肯奋斗的新时代好青年，点燃奋进之火，照亮未来之路。

医者仁心

—记中宁县中医医院医生姚斌

陈晓希

姚斌 1986年7月生，汉族，宁夏中宁人，中共党员。2009年毕业于陕西中医药大学，医学硕士。现任中宁县中医医院心病科副主任，中医副主任医师。擅长中西医结合治疗冠心病、心力衰竭、心律失常、失眠、眩晕症等常见病。2017年宁夏医科大学总医院胸痛中心内科学习；2019年被选为"全国中医药创新骨干人才培训项目实施方案"培养对象，师从第六批全国老中医药专家、宁夏名中医张万昌；2020年，心病科团队参加心血管内科临床全能挑战赛——燎原计划，在吴忠赛区获冠军、宁夏赛区获季军。

2009年7月，姚斌大学毕业，入职中宁县中医医院，成了一名医生。多年的从医经历，让他对这份职业有了更深的理解。他认为，作为一个医生，必须做到三点，方能对得起医生这个崇高的职业。首先，要有高尚的医德，要一切为病人着想，把病人痊愈出院作为自己最大的幸福。其次，干工作一定要严谨，对病人态度一定要好。因为医患的沟通，是疾病治疗的重要环节，甚至关系到患者医治的疗效和康复。一位医者，一定要牢记"如临深渊、如履薄冰"这8个字，对自己所从事的职业不能有丝毫的粗心大意，或者自以为是。最后，医生技术一定要过硬。一个医生，即使态度再好，做事再认真，但技术不够高明，不能为病人解除病痛，也不能称为一个好医生。

在人生的历程中，职业的选择至关重要，但受所处环境和自身条件的影响，并非人人都能从事自己喜欢的职业。但只要有一个积极向上的心态，即使是自己开始不喜欢的职业，但随着时间的推移，也会由不喜欢变得喜欢。在姚斌的职业规划中，起初他没有想过要做一名医生，而是想成为一名化学家。上大学后，随着知识面的扩大，他认识到了医学的伟大。他通过查阅相关资料，发现心脏病在人群中极为普遍，给患者带来了极大的困扰。由此，逐渐对心血管内科产生浓厚兴趣，并最终决定成为一名心血管内科医生。

在许多人的认知中，医生这个职业不但受人尊敬，而且特别轻松自由，就是与病人聊聊天，询问病情，开个处方，但通过对姚斌医生的采访，了解了他一天的工作安排后，彻底颠覆了我的认知。他的一天是这样度过的。

早上7点30分到达医院，向夜班医生和护士了解病区病人夜间病情变化，在电脑上再次查阅患者的病历资料、各项检查结果、用药情况、血压、心率、血氧饱和度等情况，调整患者治疗方案和需要完善的检查。对于疑难病人，同主任进行沟通。

8点科室医护交班，对于各组管理的疑难病人，科室内进行讨论。

8点30分开始查房，详细询问患者病情变化，有时需要和照顾患者的家属进行沟通，检查患者服药的情况，制定最终的治疗方案。对病情稳定的患者，与患者及家属沟通，交代注意事项，择期出院。

10点30分电脑上进行医嘱调整。

11点收治住院病人，询问病史、查体，作出初步诊断。完善心电图、血压、心率等基本检查，制订初步治疗方案，安排病人进行相关检查。若病情危重，在救治的同时，陪同患者进行相关紧急检查。

12点30分吃午饭，午休。

13点30分书写新入院病人病历，对病人的病情资料进行复核。结合初步检查资料评估患者病情，制订诊疗方案。

16点书写病程，再次回顾拟出院病人住院期间的所有资料，再次评估患者病情。确定出院后，书写出院记录，准备出院相关资料。

17点病区查房。对于病情危重病人向主任汇报。

18点与夜班医生再次共同查房，交代患者注意事项，尤其是对病情危重的患者可能出现的情况进行预判。

白天，随时有病人直接到住院部进行看病，要对其进行诊治。对于其他科室需要会诊的病人，也要进行会诊。

通过他一天的工作流程，我再次对医务工作者的敬业精神表示由衷的敬意，感谢他们为了守护人民群众生命健康所付出的辛劳汗水和努力，感谢姚医生给了我重新认识医生职业的机会。

姚斌坦言，对患者疾病的治疗考验着一个医生方方面面的素养。在治疗的过程中，首先要详细询问患者的病史，包括发病的病因、演变过程、治疗过程、既往史，有时候还需要详细询问患者家属，做进一步的了解，然后根据情况，再做仔细的查体，作出初步的判断，通过鉴别诊断患者的病因，根据诊断制定治疗方案。对于有困难的病例，需要借助现代医学手段，对患者的病情及时作出评估。医生要有较高的职业素养和为患者解决问题的能力，要有过硬的沟通能力，以最快的速度建立沟通渠道并取得患者的信任。能够站在患者的立场上考虑问题，同时客观地评估患者的病情。医学是科学，要理解病人，但又不能因为病人的情绪而影响对病情的判断。

姚斌清楚地记得，2022年12月的一天，一名患者肺部血氧饱和度不断下降，越来越虚弱，咳嗽无力，甚至出现嗜睡、神志淡漠的情况，CT（X线计算机体层成像）检查对比显示肺部阴影的面积急剧扩大。患者病情危重，需要更进一步诊治。受限于当时的治疗措施和环境，与患者家属沟通后建议转至上级医院进行治疗。然而上级医院病床爆满，无法转诊，姚斌通过不断地查找指南、翻阅文献、与上级医师和同事对病情进行讨论，根据患者病情变化调整治疗方案，同时主动与院长等领导沟通，通过不断地争取，从院外调来相关药物，使用后患者病情逐渐好转，可以自行吃饭、翻身、下地活动，到出院时患者血氧饱和度仍轻度偏低，与家属积极沟通后，患者购置制氧机在家中继续治疗，随时电话沟通，最后患者痊愈。这一切都得益于与院领导的协调沟通、与同事的合作和家属的积极配合，不然对于这样的危重患者，最后的结果可能是另一种情况。

对于医生来讲，与疾病的抗争如同打仗，需知己知彼，特别是对那些具有挑战性的疾病。有一次，姚斌遇到一位老年患者，是再生障碍性贫血，因造血功能障碍，每个月都需要输血一次才能达到正常的生活状态，输血后也只能维持到中度贫血的水平。家属提供了患者的病历资料，并提醒患者同时患有心力衰竭、高血压等疾病。姚斌初步对患者的治疗方案进行了调整，然后又查阅相关资料、文献，对用药的副作用、治疗的矛盾点一一进行研究分析，从中西医两个方面进一步调整了治疗方案。随着治疗的深入，患者输血间隔逐渐延长，近半年未再输血，多次复查血红蛋白均处于正常水平，患者生活质量得到了极大提高。在这个病例中，由于姚斌

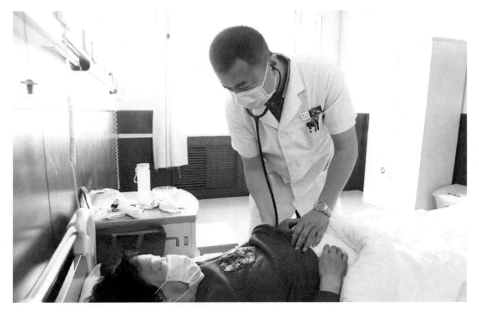

与患者家属、患者和其他医生之间的良好沟通，以及正确的治疗才能取得良好的效果，受到了患者的好评。

　　有一位老年女性患者，因突发胸痛两小时就诊。姚斌立即完善心电图等相关检查，考虑患者为急性ST段抬高型心肌梗死（广泛前壁），排除各项禁忌证后立即给予患者阿替普酶溶栓治疗，同时联系上级医院，救护车转院后进行急诊冠状动脉造影检查，未发现血管闭塞。患者溶栓治疗成功，最大程度保护了患者的心脏，患者预后良好。

　　有一名中学生，因突然意识丧失，送至姚斌所在科室抢救，患者四肢肌紧张，极度烦躁，初步考虑癫痫发作。因发病突然，老师对于患者过去的病史并不清楚，所以姚斌一边稳定患者生命体征，一边打电话与患者父亲进行沟通。得知患者确实有癫痫发作史，当时并未规律服药，他及时给患者进行治疗，但病情并未得到有效控制，考虑到患者有可能癫痫大发作，而所使用药物剂量已达到极限，所以立即联系医务科和麻醉科等科室进行多学科诊治，最终将患者病情控制住，解除了患者痛苦。

一次，门诊上有一个老年病人，无明显症状，诉长期低钙，反复到外院及上级医院检查，均未能查明病因。姚斌从患者携带的各项检查资料中仔细甄别，最终完善患者甲状旁腺激素检查，最后明确诊断，进行相关治疗后未再出现低钙。

在多年的从医实践中，姚斌忙里偷闲，利用休息时间和节假日进行业务知识的学习，虚心向名老中医学习，运用现代科学来提升自己的专业能力。为此，他积极参加业务培训，多次到石空镇中心卫生院、长山头农场医院等授课、义诊。他认真学习、献身医学的精神也得到了患者和同行的肯定。姚斌认为医生是很神圣的职业，能够救死扶伤、帮助他人，是一件充满正能量、有益于患者和社会的事情，一定要尽最大努力做好。

姚斌深知，随着现代科学的进步，医学的诊断技术和治疗手段也在不断与时俱进，医生要及时更新自己的知识储备，否则不但自己会落伍，而且会影响病人的治疗。医学关系到人身健康与生命。中医、西医各有所长，也各有所短，有许多威胁人生命的疾病目前还未能得到有效解决，需要中西医结合治疗，取长补短，共同提高，更好地为患者服务。

路漫漫其修远兮，吾将上下而求索。愿姚斌医生在未来的从医之路上继续进步，为守护人民生命健康作出新的更大贡献。

把爱播撒在医路上

——记中宁县中医医院医生郭菊珍

吕振宏

郭菊珍 1973 年 9 月生，汉族，宁夏中宁人，民革党员。1997 年毕业于宁夏医学院中医专业，之后一直就职于中宁县中医医院。从事儿科临床工作 27 年，其间多次参加区内外学习进修，2001—2002 年，在宁夏医科大学附属医院儿科进修一年；2012—2014 年，参加京宁合作项目宁夏第一批中医临床优秀人才跟师学习，师从北京中医药大学吴力群教授，并于 2019 年获得该项目优秀学员称号。2018 年获得第一届"中卫名医"称号，2019 年获得"最美中卫人"称号。宁夏中医儿科分会副主任委员、宁夏中西医结合学会儿科分会委员。

在儿科干了20多年，郭菊珍有时感到心力交瘁，却仍然喜欢这个职业，努力干着，想干得更好。高考报志愿时，受老中医爷爷的影响，她报了宁夏医学院中医专业。第一天进学校，把床铺收拾好，怀着满心喜悦在校园转了转。一切新鲜事物都让这个来自农村的女孩充满憧憬，她决心好好学习，争取成为一名医术精湛的好医生。

毕业后，郭菊珍回到家乡，进入中宁县中医医院，并被分配到儿科。面对患儿各种各样的临床症状，她发现自己学的那些知识远远不够。有些症状需要西医手段来处理，她这个中医感到束手无策。面对患儿家长期盼的眼神，她感到肩上的责任很重。

　　于是，她选择了继续学习，重点学习西医，用了10年时间来充实自己。十年磨一剑，她逐渐在临床实践中得心应手，由一个单纯善良的女孩真正成长为一名医术精湛的医生。

一

　　医院里，几乎每天都有响亮的啼哭声宣告新生命的开始，也有因死亡而撕心裂肺的痛哭声。

　　没有一个医生不愿意治好病人，愿望是美好的，但现实往往是残酷的。在儿科这个护佑孩子成长的科室，郭菊珍也遇到过很多令她费尽心力却无法医治的病例。孩子父母撕心裂肺的痛哭声，曾经让郭菊珍陷入了深深的悲哀。同样是母亲，想说点儿什么，可又不知道说啥，只能陪着默默流泪。这时候，任何安慰都显得苍白无力。她也痛苦过，自己的这双手为什么不能具有起死回生的魔力？

　　郭菊珍最难忘的一个没能救治过来的孩子。那个孩子从渠口送来医院时已经出现呼吸困难、多脏器功能衰竭迹象。她组织医生、护士全力进行紧急抢救，但收效甚微，当时医院的技术和医疗器械无法进行更深入的治疗。为了不耽误孩子，他们做了转院决定，转向医疗手段更高的宁夏医科大学总医院。因为孩子呼吸困难，在去往银川的路上，正压通气（医生们称为"捏皮球"）一直没有间断过。"皮球"一直在郭菊珍手里，左手捏酸了换右手，右手捏酸了再换左手，两个多小时，捏得郭菊珍两臂酸胀，也没有停止过。

赶到宁夏医科大学总医院，孩子被送到儿科，医生看情况紧急，立马进行了救治。

虽然进行了两个多小时的抢救，但孩子还是离去了。孩子父母的哭声令郭菊珍心碎，她情不自禁地抱着孩子的母亲一同哭。那哭声不单单是对一个生命离去的伤痛，更是一个医生的无奈和自责。

二

价值决定了一个人道路的方向。有的人喜欢高高在上的感觉，觉得指挥别人才能体现出个人的成功；有的人爱出风头，哪怕在常人眼里很普通的事，也想表现出高人一筹；也有些人默默地干着该干的事，把平凡的事做得更好。人常说，越是想得到的往往越得不到，把它看淡了，用平常心去对待，往往会有意想不到的收获。同事眼里，郭菊珍心态淡然，只想好好干活，不愿去场面上应酬，一心钻研业务，郭菊珍因此成为县中医医院儿科团队的核心人物。

有着出色诊疗水平的郭菊珍，是儿科的"救火队员"，哪里有矛盾，哪里有纠纷，哪里有困难，就能在哪里看见她的身影。"主任，现在有一个很重的病人……"这样的电话，半夜、节假日经常响起。无论什么时候，她都会仔细地询问患者的病情，指导值班医师进行治疗。随后，顶着有些凌乱的头发出现在科里。"开放静脉，打开呼吸道，吸氧……"每一步抢救都思路清晰，井井有条。有人问她累不累，她只是笑笑说："救活病人就好。"在她的带领下，儿科成为一个团结的团队，成为一个昂扬向上的团队，成为一支不轻言放弃的团队。

一位来自乡村的年过六旬的老太太，带着孙子到儿科看病。当时孩子得了肺炎，情况有些严重，发着高烧，萎靡不振，进了科室就不停地咳嗽。经过郭菊珍4天的治疗，孩子的情况基本好转，家属的脸上有了笑容。没想到，出院没几天，老太太带着孙子又到了医院，一见郭菊珍就嚷起来，说医生上次没给孩子看好病。郭菊珍没有和她理论。经过仔细检查，发现孩子是吃出了问题。就对老太太说："这次的病和上次看的病没有关系。"老太太不相信，认为医院要承担责任，医院无奈，只好退了部分治疗费用。

没想到过了几天，老太太又找到郭菊珍要她给孙子治疗。郭菊珍虽然心里很委屈，但还是认真检查治疗，孩子治好了，老太太这回终于相信郭医生的医术，也被郭大夫的态度感化了，医患之间的误会消除了。

三

从事儿科临床工作20年来，通过刻苦钻研、大胆实践，郭菊珍专业技术水平有了很大提高，能够独当一面，成了学科带头人。郭菊珍经常组织

科室医师进行疑难杂症和急危重症讨论，通过传、帮、带、教的方式指导其他医师，提高了科室的整体业务水平。

郭菊珍得到了同行和患者的认可，病人逐年增多，科室年门诊量4万至5万人次，年急诊人数突破6000人次，个人年门诊、急诊量逾万人次，科室年住院病人数达1400人次，治愈好转率达97%，病人满意率达98%。许多病人慕名而来，满意而归。

郭菊珍成了很多患者挂念的人。一个患有热性惊厥的女孩，孩子发病有时会烧到40℃，因为这病孩子成了县中医医院儿科的常客。不知何故，这位母亲说一见到郭菊珍就有一种难以言说的亲切感，常常有说不完的话。

一次，小女孩在医院走失了，郭菊珍急忙协调有关人员帮助寻找。一个多小时后，门卫带着小女孩回来了。孩子的妈妈十分感激郭医生。

后来，小女孩家里的杏子、苹果熟了，孩子妈妈都会寄一些过来。郭菊珍只好把这些水果都分给科室里的医护人员，也组织科室的医护人员捐一些衣服、玩具给孩子。郭菊珍从店铺买来衣服，撕下商标，寄给小女孩。

捐钱捐物的事，县中医医院组织过多次，儿科也组织过多次，郭菊珍出的永远是科室里最多的那份。

四

郭菊珍的心里也有难以磨灭的愧疚，尤其是对父亲。父亲肺癌晚期时日渐消瘦，她的心里满是痛心和无奈。最终父亲在病痛的折磨下离去了，她眼睁睁地看着病魔夺去自己亲人的生命，但是作为医生的她却无能为力，那一刻，她心痛无比。

经过27年的临床实践，结合自身专业学习，郭菊珍认真思考总结，积极撰写了论文，先后在《四川中医》《中国中西医结合杂志》《陕西中医》等杂志发表多篇论文。参与撰写了西安交通大学出版社出版的《实用临床儿科诊疗精粹》一书中的儿科诊疗的相关内容。她所在的儿科多次被医院评为先进科室。她还是宁夏中医儿科分会副主任委员、宁夏中西医结合儿科分会委员、宁夏新生儿危急重症转运协会委员、宁夏第一批中医临床优秀人才、中卫市名医、中宁县第十二届政协委员，多次被中宁县委、县卫生健康局评为先进个人，先后被医院评为"三好一满意"先进个人、"微笑服务明星"、"技术创新标兵"。

不忘从医初心　践行医者仁心

——记中宁县中医医院医生陈斌

黑占财

陈斌　1980年9月生，汉族，宁夏中宁县人。2006年7月毕业于甘肃中医学院中医专业，大学本科学历。2006年8月在中宁县中医医院参加工作至今，2012年5月取得中医内科主治医生资格证书。宁夏中医学会会员。从事中医门诊和临床一线工作多年，深耕中医十八载。现为中宁县中医医院心脑内科骨干医生，中医内科副主任医师。2015年、2017年两次被中宁县委、县政府评为先进工作者；2014年至今，先后6次被评为中宁县卫生系统先进工作者、"十佳医生"，3次荣获宁夏中医学会优秀会员称号，多次获得中宁县中医医院优秀医师称号。

2024年6月6日是一个令我记忆深刻的日子。那天，阴云密布，风雨欲来，上午10点多，滨河小城中宁终于迎来了一场及时雨。好心情遇上了好日子，第一次见面，我和陈医生一见如故。陈医生高高的个子，文质彬彬，俊迈儒雅，谈吐不凡，言谈中散发着优雅的气质。我们谈笑风生，畅所欲言。交谈中我了解了陈医生的从医历程，18年来，他悬壶济世，始终把患者放在第一位，始终精心诊疗、任劳任怨，始终廉洁行医、潜心躬耕，敬畏生命、仁爱行医……不忘初心，深耕中医这片沃土，用多年中医临床工作的坚守和努力为"杞乡名医"这个荣誉做了最好的诠释。

潜心钻研，柳暗花明又一村

自走上工作岗位以来，陈斌就严格履行岗位职责，积极协助科室主任做好病房管理工作，指导住院医师及实习轮转医师工作。坚持全心全意为人民服务的宗旨，不断提高自己的业务水平。积极参加党组织的各项活动，增强思想觉悟和政治素养。工作上任劳任怨，兢兢业业，具有良好的职业道德和敬业精神，弘扬白求恩精神，全心全意为患者服务，展现了白衣天使的美好形象。

陈斌深知疗效是一个医生乃至一所医院永远的生命线。经过多年不懈的努力与学习成长，他在运用中医辨证学说理论治疗内科疑难杂症方面积累了较为丰富的临床经验。行医以来，他坚持熟读医学典籍，不断研究古今传统中医各家学说，灵活运用，在学术上遵循仲景学说，兼容各家学术思想。从实际工作出发，深入研究中医科学技术发展成果，借鉴现代医学的经验，佐以辨病，源于古籍，不拘古方，望、闻、问、切四诊中以脉诊、舌诊为主，对高血压、高脂血症、冠心病、脑卒中、眩晕、失眠等疾病颇有治疗心得。"勤求古训、博采众方是非常必要的。"陈医生常说，"通过个人努力帮助患者解除痛苦，这种成就感是无可比拟的，也让我深刻体会到学医是件很快乐的事。"

多年来，陈医生和心脑病科的同事们齐心协力，圆满完成了各项工作任务。始终坚持以病人为中心，践行为人民健康服务的宗旨。树立忠于职守、救死扶伤、文明行医、乐于奉献的行业风尚，牢记岗位职责，强化

职业纪律，规范职业道德，改善服务态度，提高医疗质量。工作中严谨求实、认真负责、爱岗敬业、钻研业务、精益求精、遵纪守法、依法行医、廉洁奉公，严格按照医院规定完成各项工作任务。

作为一名医生，要想赢得患者的信赖，必须得有过硬的诊疗水平。通过多年潜心钻研，陈斌已熟练地掌握心脑病科常见病及部分疑难病的诊治技术，2012年5月被评为中医内科主治医师，2023年被评为中医内科副主任医师。截至2023年底，陈斌所在的心脑病科住院人数达2200人次以上，年急诊人数7000余人次，近3年年均门诊诊疗1万多人次。门诊中药饮片处方率87.95%，其中初诊确诊符合率93%，治愈率及有效率92%。陈医生指导下级医师书写病历700余份，担任科室二级质控工作，年均病历质控2000余份，科室甲级病历95%以上。这些优异成绩的取得，和陈斌的努力和奉献密不可分。

怀着"救死扶伤，为病人解除痛苦"的初心，陈斌不断钻研学科难题，创新治疗手段。在学术研究方面，他善于思考，勤于总结，及时了解国内中医学的新思路、新技术及发展趋势，将工作中的经验和对中医学疑难病症独特的见解相结合，总结出许多可推广、可传承的临床经验。从2018年起，心病科组成以他为骨干的溶栓团队，开展阿替普酶溶栓治疗急性ST段抬高型心肌梗死及急性脑梗死等新技术及新业务，通过不懈努力，大大提高了医治水平，使中医医院心脑病科成为中宁县乃至中卫市的名牌科室。2018年，中宁县中医医院心脑病科被评为"国家级农村心病科重点专科"。

医术精湛，一片丹心换君心

"不着急，不着急，把你的情况慢慢说清楚。""今天中午不休息，看完门诊再下班。"在近18年的临床工作中，陈斌将医者父母心理念落实到工作的每一个细节，将心比心，懂得换位思考。进入住院部后，陈斌仍然坚持每周两天门诊坐诊，始终把患者的利益放在第一位，定期查房，从未间断。虽然门诊病人众多，常常加班加点，早来晚归，中午不休息，但他始终精心诊疗、耐心倾听，满足患者诊疗需求，深受病人及家属的信任。

家住中宁县大战场镇花豹湾村的患者薛婆婆，已有80岁高龄，一天突感胸闷，心前区疼痛伴全身大汗，急送中宁县中医医院心脑病科。心电图显示，患者急性下壁、前侧壁心肌梗死。急救过程中，患者突然意识丧失，心跳停止，陈斌当即进行了心肺复苏，开放气道，呼吸气囊正压通气……经过长达45分钟的紧急抢救，薛婆婆的心脏终于有了跳动，但由于患者心跳微弱，随时面临着心脏再次停跳的风险，陈斌立即联系宁夏医科大学总医院胸痛中心，给予患者冠状动脉支架治疗，将患者从死亡的边缘拉了回来。"今天带着老母亲来宁夏医科大学总医院复查，植入支架后老人心脏各项指标基本正常。遵照母亲的愿望，我代表全家人向你表示衷心的感谢。"一个月后，陈斌收到了来自患者儿子的一条感谢短信。"很受触动，病人都好了，家属还要发短信感谢我，这说明他们已经把我当亲人，这比印有'妙手回春'字样的锦旗更让我感动和温暖。"

良好的医患关系的基础是信任，而相互信任的前提是懂得换位思考。陈斌表示，医病还需治心。作为一名中医，在望、闻、问、切中能够耐心倾听患者的讲述也是职业操守。

老年患者杨某，来自中宁县南部徐套乡，患先天性心脏病，感染性心内膜炎，胸闷，喘息，难以平卧，下肢水肿，到县中医医院治疗。由于患者拒绝手术，不吃中药，致使病情逐日加重。经陈医生苦口婆心地劝说后，患者同意服用中药治理，陈医生为其辨证用药一周，杨某喘息渐渐缓解，浮肿逐渐消退。服药两周后，症状基本消失，最后痊愈出院。临别时，患者握着陈医生的手久久不放，用老家最庄重的礼节对陈斌致以诚挚的感谢。在长期的工作实践中，陈斌以患者为中心，以解除病人病痛为宗旨，融合中医理论、西医诊断、养生理念，彰显了他独到的临床经验。

守正创新，深耕中医十八载

医院好不好，关键在医生。一般而言，中医人才的成长必须经过读经典、跟名师、勤临床的过程。

长期以来，为提高医院中医药服务能力，陈斌在门诊中开展师带徒，和同科医生一道，常年定期查房，有针对性地开展专题讲座，坚持对下级医师、实习生的跟师笔记进行修改，指出辨证与用药的不足，将自己的经验毫无保留地传授给他人，以不断提高下级医师的中医救治能力。近3年，他带教中医主治医师4人。

作为中宁县中医医院中医内科副主任医师，陈斌高度重视医院中医药的发展。近年来，在他和同事的共同努力和大力推动下，中宁县中医医院中医药综合服务能力实现了提档升级。大力推广中医药，开展中医治未病服务，推广中医治未病理念，做到科有专病、人有专长、病有专药。同时，他和同事们积极推进中医药文化建设，不断提升中宁县中医医院中医药服务意识，为患者提供全面的中医药特色护理和健康指导。

走出去，请进来，全方位、多层次加大对医师的培训力度，提高医疗水平是中宁县中医医院的办院特色之一。2018年，陈斌被自治区中医药管理局评为第七批宁夏优秀中医临床人才研修项目人员；2019—2021年，陈斌到北京中医药大学东直门中医医院脑病科跟杨保林主任学习3年。回院后，他将学到的医学知识、业务技能、医疗经验运用到临床工作中，使医院的中医辨证准确率、中药使用率、治疗率明显提升，特别是采用中西结合的方法对患者进行个性化诊疗，如中药蒸汽脉冲、磁热疗法、耳穴压豆、耳夹放血、中药穴位贴敷等中医特色疗法，在诊疗中得到了患者的一致好评。同时，陈斌积极参加中国红十字会总会、宁夏回族自治区红十字会组织的急救知识培训，获得宁夏回族自治区红十字会颁发的中国红十字会救护培训师资证书。多年来，陈医生严格履行社会责任，每年深入工厂、企业、学校及基层卫生院进行心肺复苏等急救知识培训10余次，服务2000人以上，被中宁县红十字会评为"红十字会优秀师资"。

耕耘杏林，一片冰心在玉壶

学术研究、学术交流是提升医术、提高医生专业素养和业务能力的手段。任职以来，陈斌不断钻研业务，笔耕不辍，成果颇丰。

近10年，陈斌撰写并发表多篇论文，在学术研究上取得了不凡的成绩。2013年他在《吉林医学》杂志发表论文《探讨中西医结合治疗扩张型心肌病合并心律失常的临床疗效》，2018年6月在《中国民族民间医药》发表论文《真武汤联合硝酸甘油治疗冠心病心衰的临床观察》，2018年9月在《湖南中医杂志》发表论文《萱草忘忧汤加减治疗冠心病心绞痛并焦虑24例临床观察》，2020年1月在《人人健康》发表论文《中药方剂身痛逐瘀汤加减在脑梗死后半身麻木患者中的应用》，2020年10月在《湖南中医药杂志》发表论文《归脾汤加减对高血压患者血压、负性心理及生活质量影响的Meta分析》。在2020年度宁夏回族自治区临床医学论文评选中获中卫市论文一等奖。

"初心易得，始终难守。"在与我的交谈中，陈斌表示，中医药的传承与创新需要全社会的共同努力，希望越来越多的年轻医生能在实践和学习中不断成长，成熟成才。坚守本心，让越来越多的群众在家门口享受到高质量中医药服务。陈斌常说："淡泊以明志、宁静以致远。一个好的医生要甘于寂寞。"纵观近20年的从医经历，充分证明，他是这样说的，也是这样做的。

白衣秉丹心　仁术抚病患

——记中宁县大战场镇中心卫生院医生孙发安

石　也

孙发安　1972 年 4 月生，汉族，宁夏中宁人，中共党员。1997 年毕业于宁夏医学院。现任中宁县大战场镇中心卫生院院长，主任医师。多次获市、县优秀共产党员、先进工作者等称号，2016 年被评为自治区青年拔尖人才。

　　大战场镇中心卫生院，每天都有不少腰腿疼、坐骨神经痛等脊柱病患者上门寻医，他们中的相当一部分人只找孙发安看病。作为院长，孙发安的精力同时还要向行政、管理倾斜，如何平衡医患之间的供需矛盾，如何化解群众看病难、看病贵、看病远的问题，如何方便快捷又有效地服务广大患者，孙发安自有妙招。

——题记

　　1972 年，孙发安出生于中宁县鸣沙镇一个普通农户家，他从小就聪明好学，遇事喜欢琢磨，不弄清事情的原委决不罢休。这样的性格也为他日后考学、钻研业务打下了基础。那时候，村里人的日子普遍过得不太好，但如果谁家有个端铁饭碗的情况就不一样了。年幼的孙发安也想成为一个端铁饭碗的人，他默默为这一梦想积蓄着力量，努力学习、发奋读书。

1992年9月，孙发安以优异的成绩考入宁夏医学院，开始学习中医专业。他从中医古籍里看到了很多感人的传奇故事，深深懂得医者仁心的道理，也知道针灸易学而难精。如果扎错了针，可能会损伤血管和重要脏器，后果严重。本着为病患解除病痛的初心，他一边认真学习中医基础理论知识，刻苦诵记经典条文、心诀要法，一边反复在纸垫、棉团上练习针法、指力。为准确掌握技术要领，他尝试着在自己身上扎针，还和同学互相做"活体"练习扎针，然后再交流体会、感受，不断练习着自己的手上功夫，这为以后的出师行医打下了坚实的专业基础。

1997年7月，孙发安顺利从宁夏医学院毕业，被分配到中宁县中医医院针灸推拿科，开启了全新的人生旅程。

在医院，孙发安每天都要面对许多被脊柱病折磨的病人，他看在眼里，急在心里，尽自己最大努力为患者解除病痛。一得空，他就和同事互相扎着练习，不断修正、改良手法，精心琢磨针推技艺。孙发安始终以患者为主，急患者之所急，想患者之所想，提供患者之所需，尽最大努力在最短的时间内帮助患者解除病痛，有效缩短治疗周期，为患者节省医药费用，切实缓解患者看病难、看病贵问题。比起之前在学校的理论学习，在医院的实战经验更有效地提高了孙发安的针推技艺和诊疗水平，他的手上功夫也更灵活了。经过孙发安的医治，不少患者身上的疼痛逐渐消失，有的重获健康，孙发安的声名因此变得越来越大。

正是通过如此艰苦，甚至有点儿残酷的学习和锻炼，孙发安在脊柱病微创及无创治疗方面取得了不错的疗效，尤其是在射频配合臭氧治疗腰椎间盘突出症、经骶管、侧椎管阻滞，以及小针刀治疗脊柱病等方面在中卫地区享有一定的声誉。在脊柱病微创治疗方面有自己独到的见解，在脊柱病急危重症及疑难杂症的诊治上有较高的造诣，率先在脊柱病微创、无创治疗中使用一些新技术、新方法。

孙发安倡导"教学相长"的行医执业理念，通过刻苦学习得来的经验、体会、诀窍，他也乐意与别人分享，以期帮助更多的病患。他还参与自治区科技惠民项目"管理实施医院（2015—2017）"，在诊疗实践中认真总结治疗经验，撰写了多篇论文，分别发表在相关医学杂志上，如专科论文《手法整复配合药物治疗腰椎间盘突出症80例》《抽样配合侧隐窝治疗L5S1间盘突出》《神经根型颈椎病的诊断及预防》，参编《新编针灸推拿诊疗技术》《中医诊疗精要》。

20多年来，孙发安积极思考、执着研习、勤奋实践，终于练就了一双能回春的妙手。靠着这双妙手，他帮助无数病患解除了病痛；凭借这双妙手，他为自己的人生划定了远行的航向。

孙发安得到了病人的信任，也获得了领导的认可。他顺利取得中医针推主任医师资质，并于2010年5月至2021年5月，任中宁县中医医院针推科主任；2019年9月至2022年11月，出任中宁县中医医院副院长。

2022年11月，孙发安调任中宁县大战场镇中心卫生院院长，兼任中宁县健康总院副院长，开始在新的岗位更好地发挥他的专业优势和作用。随着他在针推领域建树的增长和声名的鹊起，他开始担任越来越多医学领域的社会职务，现任中华中医药学会针刀医学分会委员、中华中医药学会疼痛学分会委员、中国针灸学会睡眠健康管理专业委员会委员、全国颈肩腰腿痛协会常务理事、中国中医药信息学会治未病分会常务委员、宁夏中医药学会疼痛学分会常务理事、宁夏中医药学会骨伤专业学会委员、宁夏中医药学会针刀专业委员会委员、宁夏区域中医（针灸）专科联盟第一届理事会副理事长、宁夏中医康复专科联盟第一届理事会常务理事等。因其高超的针推技术，孙发安多次获得县、市、自治区级奖励，其中有12次被评为县级优秀工作者，两次被评为县级优秀共产党员，2011年、2016年被评为市级优秀共产党员，2016年被评为宁夏回族自治区青年拔尖人才，2017年被中卫市卫生和计划生育局评为先进个人。

大战场镇常住人口六七万，加上流动人口，约有10万人。大战场镇中心卫生院始建于1986年，2005年翻建后业务用房面积约4050平方米，设施简单，医疗条件有限，却承载着约10万人的基本医疗、妇幼保健、公共卫生、健康教育等工作，也有周边县市的病患慕名前来就医，这更是加大了大战场镇中心卫生院的负荷。如何克服医疗资源不足、患者多这一矛盾，就成了孙发安必须解决的当务之急。

在大战场镇中心卫生院工作期间，孙发安一边致力于针推专业的研究和探索，一边紧抓基本医疗、公共卫生各项工作，持续完善各项管理制度、奖惩措施，充分调动医务人员的工作积极性，提升医务人员医疗救治能力、医疗服务水平。在努力提升全科服务水平的同时，积极推进中医药服务能力建设，积极培训村医、指导村卫生室中医阁工作，努力推进大战场镇、村两级中医服务体系建设，使基层群众就近享受到家门口的中医养生保健服务。持续推进优质服务基层行活动，有效缓解群众看病难、看病贵、看病远的问题。积极争取自治区卫生健康委基层医疗服务与保障能力提升项目、自治区卫生健康委中医馆服务内涵建设项目、县民政局基层康养项目，努力争取中心医院迁建项目等，不断提升基层群众的健康获得感，为"小病不出镇，大病不出市县"作出努力。

2023年，孙发安组织开展四轮中医实用技术培训，每次一周，每轮一个月，他倾心把自己的针推心得和技能传授给院内其他医务工作者及辖区村医。培训结束后，还会对参培人员进行测试，并对发现的薄弱环节有针对性地加强训练，争取让每一个参培人员都能独当一面，福佑乡梓。他对村中医阁的学员们的允诺掷地有声："想学啥，直接来找我！"

2024年，孙发安决心把培训工作做得更扎实一些，做到以点带面，辐射整个大战场镇。他充分整合镇、村两级医疗资源，为居民提供更方便、更快捷的医疗服务，进一步解决群众看病难、看病贵、看病远的问题，进一步光大中医事业，做好中医技术传承。

孙发安就是这样一个把群众疾苦装在心里的良心医师，他不光练就了一双能去除病患病痛的妙手，还能用这双手描绘乡村医疗事业的美好未来，更有兼济天下的广阔胸怀。虽然他拥有足够炫酷的技术，却不恃技自重，而是无私地贡献出来，教更多的人学习、掌握，让更多病患受益。

相信孙发安一定能带领怀有同样梦想的医务工作者一起光大祖国中医药事业，一道抵御病痛带给万千民众的伤害，撑起一片健康的朗朗晴空。

以德为准则 以爱护生命

——记中宁县大战场镇中心卫生院医生高俊

李俊英

高俊 1979 年 11 月生，汉族，宁夏海原人，大学本科学历。现任中宁县大战场镇中心卫生院副院长，全科副主任医师。中国红十字会救护师资。多次被中宁县政府、中宁县卫生健康局、中宁县大战场镇中心卫生院评为先进工作者。从事全科医疗工作 24 年，具有丰富的临床工作经验，先后到宁夏医科大学总医院、宁夏中医医院暨中医研究院进修。擅长治疗内科、皮肤科常见病、多发病，尤其对消化、呼吸、泌尿系统疾病，以及顽固性失眠、便秘、皮肤病治疗效果显著。

家庭的熏陶

西海固，在大多数人脑海中的印象就是苦焦干旱、黄沙漫天、交通极不便利。是的，你的印象没错，多年前的西海固的确如此，山与山之间唯有沟壑相连，老百姓赖以生存的庄稼地不是在山坳里就是在陡坡上。

高俊就出生在海原县这样一个靠天吃饭、生活条件极其艰苦的小山村。但小时候困苦的生活条件并未能阻挡他追寻知识的脚步。因为命运在给人苦难的同时也会给予人抵御苦难的力量。正是有了这种力量，高俊才会一步步走出大山，步入知识的海洋，最终走上学医之路，成为治病救人的医生。

高俊之所以热爱并选择医学，完全是受父亲的影响。提起父亲，高大夫一脸自豪地说："我的父亲不仅是一名优秀的共产党员，而且是十里八乡出了名的老中医。平常，左邻右舍，大到耄耋老人，小到嗷嗷待哺的婴儿，他们感冒发烧、头疼脑热都离不了父亲，甚至邻村有些患有疑难杂症的病人也会找上门来，巴望着父亲能够医好他们的恶疾。因此，大多数时间，父亲不是在给病人医治，就是奔波于医治病人的路上。甚至，对于不能前来看诊的病人，父亲常常步行几公里山路上门去诊治，不论是白天还是黑夜，一如既往。"

高俊既心疼父亲，也牵挂生病的乡邻。他记不清有多少次在睡眼蒙眬中望着父亲拿着手电筒、背着药箱，和病人家属急匆匆地走出大门，消失在夜幕中。这是令人从心底崇拜与敬慕的背影，这一幕深深地印在了高俊的脑海中，他从小就懂得了什么是真正的医者。

他认为能让病人好起来本身就是一件神奇的事情，而做这事的人就是他最崇拜的父亲，怎能不令他感动和自豪呢？

正是父亲的这种不畏艰苦的仁爱医德让高俊在学习文化知识的同时有了努力钻研医学知识的梦想。他暗暗发誓，长大了也要像父亲一样成为一名急病人之所急、想病人之所想、为每一位前来求诊的患者带来希望的好大夫。

德才兼备护生命

1999年7月，毕业于宁夏固原卫生学校社区医学专业的高俊终于学成归来，成为中宁县大战场镇亮沟村卫生室的一名村医。为村里的村民医治疾病、宣传健康理念等，从此走上了服务村民的医疗救助之路。不管工作有多忙，他总是耐心地对待每一位患者。到了疫苗接种的日子，诊室里的哭闹声此起彼伏，几乎就没间断过。但高大夫从未表现出不耐烦，而是以笑脸去哄逗婴儿，分散孩子的注意力，使婴儿暂时忘记扎针的疼痛，真是医者父母心啊！

当然，在治病救人的同时，高大夫从未停下学习的脚步。他清楚地知道，学医之路漫漫，必须刻苦钻研，做到精益求精、一丝不苟，如此才真正对得起国家的培养、父亲的期盼，以及那些无数被病痛折磨且信任自己的病人。

功夫不负有心人。2011年11月，高俊大夫通过了宁夏事业单位招聘考试，进入大战场镇中心卫生院工作。

高大夫为人正直诚恳、医术精湛、肯吃苦，因此深得周围老百姓的信赖和医院领导的重视，不久就被任命为住院部主任，2018年9月任医务科主任。

常言道："医者医人，仁者医心。"一名合格的大夫同时应是半个心理医生。因为一个健康的人不仅要有一个健康的身体，而且要有一个良好的心理状态。医生除了要有精湛的医术，还要懂得患者的痛楚和不易，随时随地用心与患者沟通，让患者树立起战胜病魔的信心与勇气，从而达到最佳治疗效果。这也一直是高大夫始终坚持的服务宗旨。

2023年10月，高大夫被中宁县卫生健康局任命为大战场镇中心卫生院副院长。一步步走来，他付出了无数的心血与努力，但他总是坚守着一个信念，那就是一切以病人为中心，尽医者之本心。因为患者的健康就是他最大的心灵慰藉。

一位在中宁打工的村民，一日晨起感觉胸痛异常，于是匆忙坐车到大战场镇中心卫生院找高俊大夫检查。望着病人痛苦的表情，高大夫认真检查过后垫付了病人急诊的所有费用，随即安排他做急诊心电图。根据心电图提示，高大夫意识到病人是急性心肌梗死，迅速上传心电图到中宁县医疗健康总院胸痛救治群的同时拨打了120急救电话。其间，给患者服用了阿司匹林肠溶片、阿托伐他汀钙、硫酸氢氯吡格雷、速效救心丸，并在一旁不断安抚患者。等120急救车到后，高大夫已经做好了溶栓治疗的准备工作，为后续治疗奠定了坚实的基础。患者在急诊溶栓后被送往宁夏医科大学总医院进行进一步介入治疗。

病人康复后回村逢人便说是大战场镇中心卫生院的高俊大夫救了他一命，高大夫是一位时时刻刻为病人着想且令人信得过的好大夫。

在高大夫的门诊上从没有高低贵贱之分，每次坐诊，他总是优先为危重症患者和年老体弱者诊治。

一次，一位老人因前列腺增生引起了尿潴留，被家人搀扶着来到了高俊大夫的门诊。老人在等待就诊的过程中不停地哭着说："哎哟，妈呀！我快要被尿憋死了！"正在诊室看诊的高大夫听到老人痛苦的呻吟后立即安抚好其他就诊患者，并快步从药房借来导尿包给老人插上导尿管，首先解决了老人最迫切的问题。看着老人额头的汗珠慢慢消失、情绪逐渐安稳下来，高大夫才让老人家属去补交了费用。

高大夫总是能忧病人之所忧、急病人之所急，医病的同时还想方设法让病人花最少的钱治病，他这种以仁爱医德之心守护生命的行为受到了病人及其家属的好评。

高俊大夫的年门诊量在12000人次以上。2020年以来共收治住院病人1274人次，均得到了较好的救治，没有发生一例医疗事故，为大战场镇中心卫生院的医疗救助事业作出了很大的贡献。2018—2019年连续两年，高大夫被中宁县卫生健康局评为先进工作者；2022—2023年又被中宁县人民政府评为优秀工作者。

高大夫心细如发，对每位患者的情况门儿清。一位同时患有高血压、心脏病、脑梗死的老奶奶，由女儿搀扶着找高大夫看病。高俊大夫在输入患者信息的时候，边打字边微笑着说："张××、1947年×月×号生，家住红宝村……"老人开心地说，只有高大夫清楚地记得她的具体情况。如此一些微小事情不胜枚举。

高大夫平常坐诊的时候有一个习惯，就是在上衣兜里装上几百块钱，那是为了时刻准备给忘记带钱或者医药费不够的老年病人垫付，但往往在垫付后就忘记了他给病人掏腰包的事情。

当然，诚实守信的老人并不会因此赖账。一次，一位陌生男子找到高大夫说是来还欠下的46.3元医药费。高大夫当时一头雾水，询问后才记起

来他当时垫付了一位危重病老人的医药费。老人回家后嘱咐他的儿子一定要去大战场镇中心卫生院找高大夫把账还了，这才有了陌生人还钱的一幕。

高大夫经常和患者谈心，向患者宣讲健康知识。高大夫说："若要病好得快，除了按时按点服用药物外，还要时刻注意饮食方面的问题。"他用老百姓通俗易懂的语言，通过典型病例，尤其是病人身边人的病例来解释饮食的重要性，以便村民能通过饮食自我调节，从而养出一副健康的体魄。

长山头村一位老人，在小儿子身边嫌儿媳妇不给肉吃，饭菜没有味道。随后被大儿子接家里去住，大儿媳顺从老人的意愿伺候吃喝，结果半年不到就心梗了。通过这个事例，高大夫告诉大家老年人要清淡饮食、低脂低盐饮食，并推荐他们吃苦苦菜等。患者按照高大夫的饮食调理方法去调理身体，果然逐渐好转。康复后的热心村民会带上自己亲手挖的苦苦菜找高大夫道谢。

为了全面提升业务能力，持续推进优质服务基层行，高大夫坚持每天带领科室医护人员查房、共同讨论患者病情，当遇到解决不了的难题，他会及时向上级医院专家请教或查阅相关资料，以便能研究出更好的治疗方案。他常常加班到深夜，直到安顿好所有的住院病人才回家。他的妻子因此常玩笑道："和你共进晚餐都是一种奢侈。"

从事基层全科诊疗工作24年来，高俊大夫曾到固原市人民医院、宁夏中医研究院暨中医研究院、宁夏医科大学总医院进修。多次参加中华医学会组织的肝胆脾胃病、皮肤病等相关疾病的治疗培训学习，积累了丰富的临床经验。他擅长各种心脑血管疾病、肝胆脾胃病、呼吸系统疾病、皮肤病的综合评估与诊治，尤其对于痤疮、湿疹、疣等久治不愈的皮肤病有自己独到的见解，中西医结合治疗效果显著。

今后，他在以仁爱之心守护病人健康的同时将继续深造学习、刻苦钻研医疗领域的难题，以精湛的医术救治更多患者。

"医"路有你　情暖人间

——记中宁县石空镇中心卫生院医生党万辉

安玉玲

党万辉　1974年1月生，汉族，中共党员，宁夏中宁人。毕业于宁夏医科大学临床专业，本科学历，消化内科副主任医师。现任中宁县石空镇中心卫生院住院部主任、质控办及医务科主任。2019—2023年连续多年被评为县级卫生系统先进工作者。

医者仁心

在乡亲们眼中，石空镇中心卫生院党万辉医生是一个医术高、医德高的好医生。光头是他鲜明的特征。在党万辉看来，外在形象远不如医者的内心和专业能力重要，他宁愿将更多时间和精力投入到提高医疗服务质量上来。

党万辉深知健康的生活习惯对预防疾病的重要性。作为一名医者，拥有健康的身体才能更好地服务社会、服务病人。为此，他多年坚持健身，从家到卫生院7.6公里路程，除了刮风下雨、寒冬腊月开车上班，其他时间他都是步行或骑自行车。他认为，医生不仅要有高超的医术，还要通过自身行为去影响和带动他人，以营造一个崇尚运动、积极健康的生活氛围。

不忘初心

1998年7月，党万辉从宁夏医学院临床专业毕业，带着对医学的热爱和对家乡人民的深情，他来到石空镇中心卫生院，成为该院一名医生。他以扎实的专业知识和满腔的热情，迅速融入这个大家庭。在这里，党万辉开始了自己作为医生的职业生涯，用自己所学的医学知识为乡亲提供健康服务。他视病人为亲人，将每一次诊疗看作是自己积累经验、提升技能的机会，也是他与患者建立信任的过程。在石空镇中心卫生院，党万辉不仅是一名医生，更是乡亲们心中的守护者。他用自己的实际行动诠释了一名医生的责任和担当，也展现了一名共产党员的初心和使命。他的故事虽然平凡，却充满了温暖和力量，激励着身边每一个人。

生死速度

2006年秋天的一个深夜，一阵急促的脚步声打破了宁静的夜，一名妇女哭喊着冲进卫生院诊室，怀里紧紧抱着一个刚出生不久的婴儿："大夫，求您救……救我的孩子！"由于极度的恐慌和焦虑，妇女难以连贯表述。党万辉迅速反应，他稳稳地接过这个小小的生命，即刻展开检查。女婴面色呈明显的青紫色，心跳微弱，显示出心律失常的迹象。根据这些临床表现，凭借自己丰富的临床经验，党万辉初步判断：女婴因肺部严重感染引发了心力衰竭和呼吸衰竭，已处于半昏迷状态，情况十分危急。

考虑到女婴年龄偏小且当地卫生院的医疗条件有限，转送至上级医院虽然理论上是更好的选择，但路途中女婴极有可能因呼吸衰竭而心脏骤停。生死攸关的时刻，党万辉果断采取行动，立即给予女婴静脉滴注强心药物，同时启动氧气供给，力争在最短时间内稳定女婴的生命体征，为后续治疗争取宝贵时间。

在党万辉迅速而精准的救治下，女婴病情趋于稳定，随后被安排入院。在接下来的日子里，党万辉用心呵护这个小生命，每一次查房都充满温情，每一次治疗都力求精准。在他的精心照护下，女婴最终完全康复，健康地返回温暖的家庭。

女婴的父母目睹了这一奇迹，心中充满了对党万辉的感激。在办理出院手续的那一刻，他们眼含热泪，几乎要跪倒在地，连连向党万辉致谢。

这段经历，犹如一束光芒，照亮了党万辉的从医之路，更加坚定了他对医学事业的热爱与执着。他深刻体会到，作为一名医生，最大的成就莫过于在患者最无助的时刻伸出援手，用自己精湛的医术为他们带去生的希望与光明。从那时起，党万辉更加坚定了自己的信念——不仅要成为一名技术高超的好医生，而且要成为一位能够倾听患者心声、用温暖和爱抚慰每一颗受伤心灵的医者。信念犹同一座灯塔，指引着他不断提升医术，矢志不渝地在救死扶伤的道路上前行，为更多的家庭带去健康与幸福。

日常诊疗

接到采访党医生的任务，我去了石空镇中心卫生院，当时正值午休时间，党医生仍然坐在电脑桌前整理病案。诊室干净明亮，办公桌的一角摆放着一个刻有"厚德载物"字样的笔筒。看到这个笔筒，我紧绷的神经瞬间松弛了下来。党医生亲切随和，眉目间含着笑，浑身散发着年轻人才有的活力。党医生问诊时就像和患者拉家常，"来啦，今天哪里不舒服啊？""今天吃的啥，有没有拉肚子？"亲切随和的问诊就像和久违的老朋友聊天。诊室氛围轻松，患者也像是遇到了知己，恨不得把所有痛苦一股脑儿讲出来。党医生始终面带微笑，仔细聆听，一些被患者忽略了的细微病状就被党医生捕捉到了。根据患者的讲述，再结合患者以往的病史和检查结果迅速作出准确诊断，并开具合适的处方。党医生在与患者沟通时声音响亮。他说，来院就诊的老年人大多耳背，声音如果太小，他们听不见。有时不但要大声，还要凑到患者耳朵跟前说他们才能听清，所以多年下来他养成了大声说话的习惯。

在问诊过程中，一位患者因不理解检查单上的专业术语而感到紧张，担心地问党医生，他的病是不是很严重。党医生笑了，发出孩子般天真爽朗的笑，笑声像阳光一样驱散了患者心头的阴霾。党医生用患者能理解的语言告诉他病情不重，患者随即眉头舒展，脸上露出了轻松的笑容。

学术探索

党万辉在日常工作中始终没有忘记持续学习以提升自己。2001年12月，他顺利取得了执业医师资格；2018年11月，取得内科副主任医师资格。这不仅是对他医学知识和临床技能的认可，更是他职业生涯的一个新起点。他深知，医学是一个不断发展的学科，为了更好地服务患者，必须不断更新自己的知识储备。因此，他积极参加各种专业培训。除了临床实践，党万辉也热衷于学术研究。2006年和2008年他在《中华实用中西医杂志》各发表论文一篇，2016—2017年在《养生保健指南》上发表论文多篇。这些学术成果不仅证明了党万辉在医学领域的专业深度，而且反映了他对提高医疗服务质量的不懈追求。

在石空镇中心卫生院，党万辉是一名全科医生。他的门诊室总是门庭若市，日均接待患者80余人次。很多患者都是提前打电话预约，确定党万辉当日坐诊才会来卫生院。在忙碌的工作中，党万辉始终把患者的需求放在首位，以解除他们的疾苦为己任，耐心倾听患者的诉求，给予患者持续关怀。他总是带着温和的笑容，用轻松的话语和患者交流，让原本紧张的就医过程变得轻松而温馨。他善于用拉家常的方式引导患者敞开心扉，不知不觉中便掌握了患者的病情信息。这种细腻而富有同理心的沟通方式，不仅减轻了患者的心理压力，而且提高了诊疗的效率和质量。

从医多年，党万辉注意到，常年吃素的患者，诊断时就要考虑营养不良和贫血的可能。他说，对于某些疾病，单靠输液治疗是不够的，还需辅以中医进行综合治疗，这样疗效才会更好。部分患者本身的疾病并不严重，使他们感到不舒服的原因有对疾病的恐惧和家庭的烦恼。针对这类患者，除了让他们正确认识病情，消除疑虑外，还要多倾听、多引导，引导患者把心里的愁闷说出来，患者心病解了，病自然也就好治了。

采访当日来了一位患甲状腺结节的患者，她不明白结节是什么，以为是肿瘤，拿着市级医院检查单来找党医生，十分紧张，语无伦次地叙说着自己的病情。党医生看了检查单，告诉患者结节不是肿瘤，说时用自己的大拇指按住小手指指甲一小块地方给患者做比喻，就这么一点儿，边界清楚，手术都不够。患者还是怀疑，絮絮叨叨地又说了一遍检查过程。党医生笑了，调侃患者，不要动不动就自己吓自己，没病倒被吓出病来，就是个小结节，把心放肚子里，该吃吃、该喝喝，该跳舞跳舞，定期检查就行。党医生轻松幽默的语言瞬间感染了患者，使患者心情瞬间松弛了下来。患者眼中闪烁着光芒，感激之情溢于言表，连声道谢，表示赞同。

师者之道

党万辉还有一个重要的身份——导师。在访谈中，入院不久的医生小樊满怀感激地向我倾诉了这段心声。"对于医路小白的我来说，刚入科的时候有太多疑问，如同置身旷野，不知道方向在哪儿，对陌生事物总有一种恐惧感。同时也处于身份转变的适应阶段，从教室走向临床，从医学生到医生，身份转变伴随着责任的变化。回想最初迷茫的时候，对未来充满了畏惧，有幸在职业生涯的起始阶段遇上了党主任，我很感恩党主任，感恩每一位为我答疑解惑的老师。"

党医生不仅仅是一名负责任的好医生，更是一位耐心细致的老师，他带着年轻医生一步步成长为一名合格的临床一线大夫。为了帮助新人尽快适应工作环境，他会安排他们每周进行理论学习，安排技能培训及日常查房等，从实例出发提出问题，抽丝剥茧，由表及里，在讨论交流中使新人不断受到启发，拨云见日，使他们加深了对疾病的认识。

党万辉在生活中对年轻医生也给予了莫大的关心与支持，尤其是对那些离家比较远、经常住宿的年轻医生，遇到他们周末值班或者家中有事的时候，党万辉总是第一时间站出来，顶在岗位上，为他们腾出时间。年轻医师遇到困难，他会像亲人一般帮助他们分析问题，安慰他们，同时找出解决问题的办法。

党万辉已培养了许多年轻医师。党万辉的这份人文关怀让这些初入职场者在艰难的成长之路上感受到了母爱般的温暖，也让他们学会了如何在繁忙与压力中保持医者的温度，用爱心去温暖每一位患者。

健康教育

2012年，在院领导的安排下，党万辉担任质控科主任；2022年任医疗部主任、质控办主任、医务科科长。他总是利用休息时间对卫生院门诊处方、住院病历书写进行考核，严格监督药物的合理使用，提升了卫生院医疗服务水平。院内每年门诊首诊病人6000余人次，管理住院病人1300多人次。

自2017年起，党万辉积极推进家庭医生签约服务，每年为500余户家庭进行服务。为帮助农民提高自我保健意识，提升健康管理能力，他每月利用休息时间到村卫生室或村民家中，结合工作中的典型病例，利用多媒

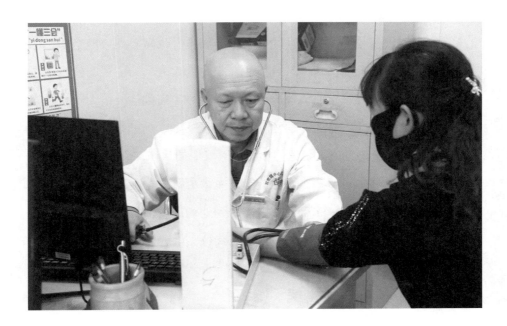

体技术，以形象生动的语言向乡亲们普及健康知识，深入浅出地为群众讲解高血压、冠心病、糖尿病、脑卒中等慢性疾病的保健治疗知识、家庭用药注意事项，以及常见的心脑血管疾病的预防和保健。他的讲解通俗易懂，让乡亲们在轻松愉快的氛围中对健康知识有了更深的理解和认识。看到群众对他讲解的高度赞扬，对他认真耐心为他们答疑解惑的感激，他的内心深受触动，更加坚定了为群众健康服务的决心。

在提升医疗服务方面，党万辉强化"三基"培训与考核，定期组织开展单人徒手心肺复苏术、除颤仪使用等急救技能培训和三人心肺复苏术技能竞赛，每年组织一次急救演练，确保医务人员能熟练掌握基本应急知识及设备使用，能够对循环系统、呼吸系统、急性中毒、休克等急危重症患者进行初步诊断和急救处理。在党万辉和全院职工的共同努力下，石空镇中心卫生院被评为2021年"优质服务基层行"国家推荐标准优秀单位。并于2023年10月顺利通过自治区"优质服务基层行"专家回头看现场复核。

党万辉以自己的实际行动诠释了全心全意为人民服务的宗旨。他的故事将激励更多的人投身到卫生事业中，为人民的健康和幸福贡献力量。

誉满杏林　爱留乡间

——记中宁县鸣沙镇中心卫生院医生梁学芳

李富成

梁学芳　1970年12月生，汉族，宁夏中宁县人，中共党员。现任中宁县鸣沙镇中心卫生院质控办主任，先后被评为"优秀共产党员""模范工作者""先进劳动模范"。

一

　　鸣沙镇是个偏僻的乡镇，距离中宁县城有20公里的距离。随着城镇化进程的加快，鸣沙镇的人口迁出了不少。鸣沙镇中心卫生院在乡村人口迅速减少的情况下想继续办好，靠的是什么？能耐？一般能耐是立不住的，得看你有没有非常人所能及的绝活儿。凡是在农村能站住脚的，不管哪行哪业，全得有一手非凡的绝活儿。鸣沙镇中心卫生院就有一批医术精湛的医生，比如梁学芳大夫就是其中的一位。

　　梁学芳1992年毕业于宁夏卫生学校，之后一直扎根于乡镇卫生院从事诊疗工作。从医31年来，梁大夫工作兢兢业业、任劳任怨，刻苦钻研医术，毫不懈怠。

梁大夫上班，每天都要接诊上百人，从早晨上班一直忙到中午吃饭时，一刻也不能离开诊室，每天忙得甚至没时间上厕所。梁大夫每年接待门诊超过8000人次，最多的一年门诊达到1.2万人次。有一年

梁大夫收治住院病人高达107人次，其中疑难危重症患者20余名。梁大夫一心一意为病人，她能换位思考，从病人的角度出发，详细询问每位患者的病史，认真进行体格检查，严密观察患者病情变化，最大程度给予患者精心治疗。一般周一看病的人最多，遇上倔脾气的村民，梁大夫总会耐心安抚。每天梁大夫都要坚持看完最后一位患者才去吃饭，因此医院食堂的厨师总会给梁大夫在锅中热着饭，梁大夫啥时忙完啥时才吃饭。

二

2000年以来，政府出台政策，从各乡镇卫生院挑选一批有文化、能吃苦、信得过、能治病、少花钱、养得起、留得住的乡镇医生，将他们送到县人民医院或省级医院进行全科集中学习，等到培训结束后再回到各自的单位，服务乡村百姓。梁大夫就是通过这项政策，先后参加了县人民医院放射、超声、心电图及大内科进修学习。通过学习，梁大夫深刻认识到全

科医生不仅仅是临床医生，还是健康教育者、医患沟通者、医疗卫生资源的守门人、慢性病的管理者，以及患者与医院之间的组织协调者。了解了全科医生的工作职责和多重作用后，梁大夫更加珍惜进修学习的机会，同时不断进行实践，以提升自身专业能力。也正是这样，梁大夫由一棵幼苗迅速成长为参天大树，成为乡镇卫生院的骨干医生，并逐渐在鸣沙镇一带小有名气。

梁大夫带领家庭医生签约团队走村串户，嘘寒问暖，为高血压、糖尿病患者进行用药指导，为精神病患者、孕产妇进行体格检查，为残疾人、"五保户"送医送药，定期组织团队宣传健康饮食习惯、健康的生活方式，把国家公共卫生惠民政策真正落到实处。只要村民有需求，她总是有求必应，随叫随到，一年四季，风雨无阻。鸣沙地区的角角落落留下了梁学芳大夫欢快的身影和爽朗的笑声，正是这种和蔼可亲的态度温暖和抚慰了多少患者的心。

梁大夫每年要组织医疗团队入户给老百姓宣传最新医保政策，不但使老百姓认识到医院严格执行医保政策的必要性和实施一人一卡实名制就医的重要性，而且杜绝了欺保骗保行为的发生。通过积极宣传，老百姓对梁大夫团队的这项工作表示了理解和支持，从而进一步改善了医患关系，为以后诊疗工作及各项惠民政策的落实打下了坚实的基础。

三

梁大夫通过多年虚心学习和实践积累，已经熟练掌握基层常见病、多发病及部分疑难杂症的诊断治疗方法。梁大夫精通儿科、内科、外科、皮肤科、妇科，尤以妇科见长。21世纪以来，党和政府更加重视医学人才，梁大夫更加有了用武之地，她全身心地投入到鸣沙镇中心卫生院的工作中去，用自己的医术造福人民。当地卫生院的同志对梁大夫也佩服得五体投地。

2008年，鸣沙镇中心卫生院批准有带徒资格的6位名医中就有梁学芳大夫。自带教以来，梁大夫积极开展新任医师的指导工作，她带头认真执行卫生院各项规章制度，履行首诊负责制，多次组织科室人员进行业务学习、培训，指导实习人员接诊、收治住院病人，病历考核，处方点评，各种常见外伤的清创缝合培训，常见皮肤病的辨识诊疗，以及抗生素的合理应用，等等，不断提高医师对基层常见病、多发病的诊治水平。她严格执行医疗质量安全核心制度及医疗质量管理评价标准，抓好各环节的医疗质量管理，经常督导住院医生规范病历书写，发现问题及时处理，严格履行医务人员工作职责，明确诊疗程序，杜绝医疗事故的发生，真正发挥了高年资医师的模范带头作用。

先后跟梁大夫学有所成的医生有近10人。目前，梁大夫带的徒弟中有当院长的、有成长为基层卫生院中层管理者的，也有成长为医疗业务骨干的。

四

梁大夫在为无数患者解除痛苦的同时，还积极从事心理学理论和实践研究活动。

更年期的妇女也是梁大夫治疗的主要对象。一次，梁大夫正值夜班，安静的楼道里传来了悠长的脚步声，过了一会儿，值班室门口探进来一个戴着蓝色头巾的脑袋，头发乱，脸色黯。梁大夫赶忙起身招呼，这才认出原来是她的患者张大姐。张大姐说打听到梁大夫今晚上夜班，特意来找她。张大姐不急着就座，却是先到门口往外望了一眼，然后轻轻地关上门，这才不紧不慢地坐到凳子上，和梁大夫拉起了家常。让梁大夫纳闷的是，一向快言快语的张大姐今天说起话来却支支吾吾，而且有几次是答非所问，一副心不在焉的样子。行医直觉告诉梁大夫，张大姐今天肯定有其他事。于是梁大夫只得刨根问底，足足过了半个小时，抵不过梁大夫的耐心询问，张大姐才吞吞吐吐地说到正题上。一会儿说丈夫不如以前关心她，一会儿又说自己最近莫名其妙地爱发脾气，看啥都不顺眼……尽管她表达得含糊其词，但细心的梁大夫还是从张大姐的言谈举止中发现了蛛丝马迹，原来张大姐得了更年期综合征。于是，梁大夫对张大姐进行了心理疏导，并告诉她这是所有女性到这一年龄阶段的正常生理反应，不用过于担心，并建议她主动将自己的身体变化告诉家人，得到家人的理解，最后就如何让张大姐顺利度过更年期做了全面而又专业的指导。经过开导的张大姐终于明白了自己的病症，回家后按照梁大夫的建议来做。两个月后，当梁大夫再见到张大姐时，她已经恢复了往日的精气神。

像张大姐一样经过梁大夫专业开导顺利度过更年期的妇女们也一个个成了妇女心理健康宣传员。此后很多到了更年期的妇女都会主动寻求梁大夫的心理帮助。要知道，那个年代在家门口就能享受专业的心理咨询，对于农村妇女的确是赶时髦哩！正是梁大夫这种体贴入微的为民情怀，为当地妇女送去健康的同时，也化解了她们家庭的许多矛盾，促进了家庭和谐。可以毫不夸张地说，对于村民来说，梁大夫的心理疏导是一种精神抚慰。

这些年来，梁大夫先后心理疏导患者不下百人，尤其是患大病的中老年人，经过她的耐心开导，大多数患者不但能积极配合治疗，而且精气神比以往更好。

五

梁大夫在鸣沙镇中心卫生院工作十几年，她的医术一传十、十传百，在服务区的老百姓口中梁大夫那是神医。遇到头痛脑热就找梁大夫，折胳膊、折腿也找梁大夫。按老百姓的话说，只要梁大夫给你看病，还没等吃药打针病情好像已经减轻了不少。

梁大夫和病人关系处得好，病人乐意到梁大夫那里看病，家属也放心让梁大夫放开手脚给家人看病。有位80岁高龄的老太太，据其家属回忆，2008年老太太因尿少、浮肿，梁大夫怀疑为肾衰竭，将她转到宁夏医科大学附属医院就诊，经抢救后脱离危险。附属医院大夫感慨地说："幸亏来得及时，再晚一点儿就没命了。"从此以后，老太太对梁大夫深信不疑。2013年，老太太因青霉素过敏性休克，又一次被梁大夫抢救过来。2020年12月，老太太病情严重，咳喘、胸痛、呼吸困难，指脉氧降低到40%，被上级医院告知病危。这时，老太太家属再次找到梁大夫，央求梁大夫尽全力救治，只要能减轻病人痛苦就好。结果在梁大夫的治疗下，通过鸣沙镇中心卫生院全体医护人员的共同努力，病人奇迹般地又一次获救了。两年后老太太因胆结石被子女送往宁夏医科大学总医院做手术，住院没几天，老太太心烦意乱，实在待不住了，闹腾着要回鸣沙镇中心卫生院找梁大夫看病。宁夏医科大学总医院大夫问："你说的那位梁大夫有多大能耐？还能比省城三甲医院的大夫治疗技术高吗？"老太太回答道："到底哪里高明我说不上来，但是我总觉得梁大夫更懂我的病，更懂我的心。不见她，我心里就是像缺个啥，空落落的。"尽管省城医生不愿意放病人，但最终还是拗不过病人，放她回鸣沙镇中心卫生院治疗。

像这种事件常常发生在梁大夫身边。上了年纪的病人，在城市医院上个厕所都会迷路，找不到病房，他们总觉得自己不属于这里，觉得还是待在农村好，农村最自在；还是鸣沙镇中心卫生院好，不迷路；还是咱们梁大夫好，像亲人。一些老年患者开始害怕进城，他们习惯让梁大夫给看病。一来那里离家近，吃饭方便，不用住店可以省下不少费用；二来天天能和梁大夫聊聊家常，心里舒坦。梁大夫始终把病人当作家人，梁大夫在鸣沙镇中心卫生院工作深得患者的认可。

六

一年除夕夜，梁大夫正跟爱人忙活着做年夜饭，突然接到领导的电话，说同事家中有急事，需要梁大夫去替班。这份责任落到梁大夫头上，梁大夫二话没说便欣然接受。但当梁大夫看着一厨房要做的饭菜，她顿时陷入了两难境地。爱人知道后安慰她，去吧，家里有我呢。

梁大夫跟爱人千叮咛万嘱咐后就匆匆赶到卫生院，处理完手头紧急的事情。梁大夫两手托腮看着电脑屏陷入沉思，窗外灯火通明，宛如彩色的画卷。村庄空中璀璨的烟花此起彼伏，把整个夜空照得格外灿烂，这时医院更加显得冷清、寂静。梁大夫起身正欣赏着美丽的夜色，忽然有人边敲门边大叫，等打开值班室大门，看到一个体形瘦小的男人在门口扶着一位中年男子，中年男子左手捂着右胳膊，痛得直叫。梁大夫急步跑过去问他哪里疼，身边瘦点的男子说："胳膊伤了，快止血！"梁大夫说："手别动，侧身让我瞧瞧。"男子松开捂着伤口的手，血液嗖地喷了梁大夫一脸，只见血已将半身衣服浸透。

梁大夫赶紧用剪刀划破紧贴肉的衣服，熟练地止血、清创、消毒、缝合、包扎。病人的脸色煞白，头晕，恶心，梁大夫赶紧端来一杯热水，嘱咐病人喝点热水，躺下休息一会儿。等病人走后，梁大夫拖着疲惫的身子，刚洗掉脸上的血渍和被血染的大褂，就又听见"咚咚"的敲门声，又一对母子因肚子疼来看病了……后来听患者讲，当时如果没有梁大夫给病人及时止血，病人很可能有生命危险。

2022年10月，患者李某因烧伤去北京进行皮肤移植手术，回到中宁老家休养，到了拆线的时间，因各种原因无法去北京复诊。无奈的情况下，抱着试试看的心态，到鸣沙镇中心卫生院找到了梁大夫。正赶上吃饭的点，梁大夫放下碗筷，二话不说就干了起来，整整3个小时，一共246针，消毒、拆线、包扎，梁大夫完成了她职业生涯中手术缝合线最多、时间最久的一次拆线，饿得她头晕眼花，眼冒金星，累得她腰酸背痛。病人和家属感激地说："没想到我们小小的鸣沙镇中心卫生院还有这样的能人，解决了他这么大的困难，还省了一趟去北京的钱。"

七

正当我在医院采访时，来了位87岁的老人。他开着三轮车来医院看病，我主动向老人打招呼。老人家一听是采访梁大夫，开口就对我讲了起来。交谈得知，他是农民，年轻时长年在外打工，双下肢因静脉曲张手术治疗后呈紫褐色，经常溃烂，迁延不愈，加上慢性支气管炎，一天到晚咳个不停，西药吃了一箩筐也不见好转。他从别人那里打听到鸣沙镇中心卫生院的梁大夫治疗技术很好，就找来了。梁大夫开了一些口服的西药和十几服中药泡浴双腿一段时间后，腿不肿了，气也不喘了。说完老人露出了微笑，开玩笑地说："要不是遇到梁大夫，我这把老骨头怕早被送到天上了。"

我赶去住院部时，正赶上梁大夫在住院部查房，看到梁大夫一个病人接着一个病人询问病情，查看病症，并给护士嘱咐每一个病人的药怎么配。

　　五号病房有位孔奶奶，66岁，患有乳腺癌，15年前做过手术，现在胸部长出拳头大的一个肉瘤，无法仰卧休息，否则无法呼吸，每天只能坐着睡觉，孔奶奶痛苦不堪。孔奶奶在省城医院做体检时，因为仰卧检查胸部造成昏迷，抢救3小时才脱离危险。孔奶奶经历此事后，坚决要回鸣沙镇中心卫生院找梁大夫治疗。在梁大夫的建议下，孔奶奶开始配合中医化疗，服用几个疗程后，胸部肉瘤基本缩小到指甲盖大小。

　　三号病房有一位住院老人，脑血管堵塞达85%，一天到晚头晕。他到外地医院，医生劝他上支架。可他没钱，又恰逢农忙，他犹豫再三，最后找到梁大夫。老人按梁大夫开的方子治疗，没多久，身体竟出现奇迹般的变化。除了吃中成药，梁大夫劝老人坚持散步，特别注意降血压、降血脂等。看着站在我面前的老人，精神十足，嗓门特别大，那劲头，那声音，哪像一个病人。近期通过冠状动脉造影检查脑血管堵塞竟下降到70%，老人看到这个结果很开心。

八

　　作为一名共产党员，梁大夫始终不忘初心、牢记使命，用自己的实际行动践行着共产党员全心全意为人民服务的宗旨；作为一名专技医师，她同样铭记职责，心系患者，诠释着医务工作者的医者之德、仁者之心。

　　从医31年，方圆百里，到处都留下了梁大夫出诊的足迹，给她救治的病人多得无法计算。梁大夫慈心济世、积德行善的敬业精神始终感动着鸣沙人民，同样感染着身边同事，正所谓誉满杏林、爱留乡村。

扎根基层的"护齿卫士"

——记中宁县宁安镇卫生院医生白学文

王学琴

 **白学文** 1968 年 12 月生，汉族，宁夏中宁人，中共党员。1990 年毕业于宁夏卫校，1994 年参加宁夏医学院临床医学大专自考，1997 年取得专科毕业证书；2001 年参加宁夏医学院中医本科自考，2004 年取得本科毕业证书。现就职于中宁县宁安镇卫生院，口腔科主任医师。先后担任中宁县舟塔乡卫生院院长、长山头农场医院党支部书记兼院长。擅长口腔科常见病、多发病的诊治。曾获宁夏回族自治区"优秀乡村医生"称号，多次获得市、县级"先进工作者""优秀共产党员"等荣誉称号。

　　眼前这个男人，蓝色的专用帽紧箍在头上，口罩遮住了他的半边脸，只露出一双炯炯有神的眼睛。他身穿白大褂，正忙着给牙病患者做治疗，清理填充物，钻牙，清洗……一套流程，干净利索，没有丝毫拖泥带水。

　　在初夏的一个午后，我见到了他——宁夏中卫市中宁县宁安镇卫生院口腔科医生白学文。

　　白学文从患者身边站起来，接过女大学实习生手里的印模材料搅拌器、托盘和调拌刀，快速搅拌了几下，示范给她看。他把器具递给她，耐心地讲解操作要领。

我开玩笑地问白医生："你这样手把手地教，什么都教给了她，难道连一点儿后手也不留吗？"

听后，白医生颇有感触地说："我出生在一个地道的农民家庭，深知一个好师傅对徒弟的重要性。只要学生愿意学，我恨不得把自己知道的一下子全部倒出来。现在就怕他们没有全部学进去，哪还有保留啊！学生能超过我，这是我的希望和骄傲。"

白学文说话不紧不慢，句句在理。他有个习惯，说话时常用手势比画，以让对方更加直观地理解他所表述的内容。不过，他从不打断病人的讲话，而是始终用一双会说话的眼睛真诚地注视着对方，在第一时间与患者建立起一种良好的关系。接下来，他用双手为病人做检查。这是一双关节粗大的手。多年来，这双手就像一台精密的仪器，几乎在病人就诊的几分钟内就能基本锁定病情。

1990年7月，22岁的白学文从宁夏卫校口腔专业毕业，并被分配到中宁县鸣沙镇中心卫生院工作。

工作初期，医院口腔科分工不是很细，他被分配到五官科（眼、耳、口、鼻、喉）。就患者而言，只要是面部问题，不管哪里病了，进五官科找白学文准没错。但是，仅凭口腔专业的知识，胜任五官科的重任，太难。这种压力使白学文不得不重新定位医生这个职业。

什么叫医生？医生的责任是什么？应该怎样对待患者？作为一名卫校毕业生，自己的知识储备远不能胜任当时的工作。于是，他决心拓宽自己的知识面，1994年参加了宁夏医学院临床专业的自考学习班。3年后，他取得了宁夏医学院临床专业毕业证书。为了探索中医学在口腔方面的发展，他于2001年再次参加宁夏医学院中医本科自考，潜心钻研中医"望、闻、问、切"的辨证论治和药理学，学习不同病因的处理方法，于2004年取得本科毕业证书。

白学文在业余时间不断从书本里学习新知识、新技术、新疗法。工作中向医院的同事学习经验，掌握基本操作技能，苦练基本功。短短几年，他完成了宁夏医学院临床医学专科和中医本科的自考学习，极大地丰富了自己的知识储备。在口腔基础理论方面，温习了口腔解剖生理学、口腔组织病理学、口腔微生物学、口腔修复材料学等；在临床医学理论方面，熟练掌握牙体牙髓病学、牙周病学、口腔黏膜病学、儿童牙病及预防学的理论；在技术理论和知识方面，掌握牙体手术学、牙髓治疗学、牙周治疗学、牙科器械学等。渐渐地，他的眼睛亮了，心也明了。

有了丰富的理论知识和临床实操经验，白学文更加自信了。白学文说："病人走进诊室几分钟，我心里就有数了。"农民黄某深有体会，他因牙疼四处求医，做过上千元的检查和治疗，但效果不是很明显。白学文用手摸了一下他的腮帮子，就知道了病因，整个疗程花了不足百元。这位农民的妻子说，如果没有白大夫，老黄的牙疼怕是成了无底洞，不知道还要往里面砸多少钱。

"先看病人，再看片子，最后看检查报告的医生是上医；同时看片子和报告的为中医；只看报告，提笔开药的为下医。"白学文深有感触地说，"行医多年，我一直记着师傅曾经说过的话。"

2011年，白学文离开鸣沙镇中心卫生院，担任舟塔乡卫生院院长。刚上任就碰到了一个非常棘手的问题，院里没有口腔科，就诊的牙病患者无法得到治疗。"牙疼不是病，疼起来要人命。"白学文了解牙病患者的痛苦，所以决定成立口腔科。没有设备咋办？那就想办法尽快配齐，口腔内（外）科器械、口腔修复和正畸器械……没有口腔科医生咋办？他就重操旧业，行使起牙医的职责。在各种规劝面前，他都语重心长地解释道："换个角度来说，如果我是牙病患者，心里一定也很着急。将心比心，都在一个'理'字。"

开设口腔科，既方便了老百姓在家门口看牙，又给医院增加了收入，这叫两全其美！望着孩子们甜甜的笑脸，看到老人们的牙齿恢复了功能，他得到了心理上的慰藉，得到了精神上的满足。

由于工作需要，2021年白学文被调到长山头农场医院担任党支部书记、院长。他身上的担子更重了。只公共卫生这一板块，从2008年的9类33项增加到2012年的11类42项，还有党建、医院日常管理等工作。不少县城、鸣沙、舟塔的患者，宁可多跑几十公里路，也要找他看牙，一是相信他的人品，相信他对口腔科常见病和多发病的诊治技术；二是知道他从不乱开药，不会让患者多花冤枉钱。

白学文所在的医院，服务辖区内多是经济能力较弱的居民。他常常说，我是怎么过日子的，我的病人就是怎么过日子的，贵一点儿的药，我下不了手。他的处方，就像海绵里的水，越挤越少。能治好病，是合格的医生；能让患者花最少的钱治好病，是好医生。30多年来，白学文有这么一个心得。

2023年9月，由于年龄和身体原因，白学文向上级组织请辞，甘愿做一名普通的口腔科医生，把院长的职位让给了年轻人。同年10月，他又被调到宁安镇卫生院。

白学文今年56岁了，一直骑自行车上下班。冬天，他顶着启明星出门；晚上，碾压着斜掷在路上的斑驳的树影，伴着苍茫暮色回家。每当看到他一身风尘，满头满脸的霜花雾气，老伴很心疼。可老伴刚想张口说句心疼的话，他先急忙打趣道："小西风还真攒劲，紧跟着屁股催，赶得我一路紧蹬啊。"

口腔治疗是个技术活，离不了拔牙、修补等治疗手段，需要有一个强健的身体来支撑。这一点，白学文心里最清楚。对他个人来说，骑自行车可强身健体；对行动不便的病人来说，他骑自行车出诊，可极大地方便病人。虽然自己苦点累点，但终归是一个人，可病人只要一动，既痛苦还要牵累许多人。这么一想，他骑自行车上班是双赢。

早上7点半，白学文骑自行车出门，裹着一身热气到达卫生院。他先在那件黑色的半袖上套上白大褂，习惯性地摸一下装备：左上口袋里的小手电筒，左下口袋里的棉签，然后才开始了一天的工作。他平时不敢多喝水，怕上厕所耽误看病时间，一直到12点下班。下午两点上班，白学文始终待在诊室，重复着上午的工作。5点半下班，他走出医院大门，深呼吸。这是白学文重复了35年的普通一天，但这一天的工作远没有结束。他随时都有可能接到患者的电话，咨询一些牙疼应急处置方法。遇到这样的患者，他总是耐心地问清情况，不厌其烦地指导病人采取一些紧急措施，

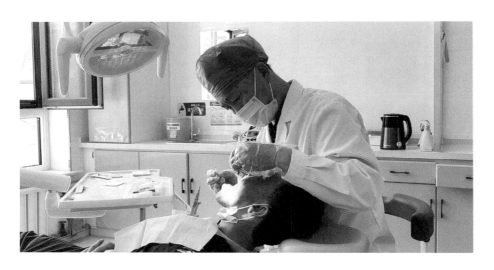

再三叮嘱他们第二天一定要到门诊接受专业检查和治疗。

随着生活水平的提高，人们越来越重视个人形象。而在五官中，最影响颜值的部位是牙齿，所以拥有健康而整齐洁白的牙齿越来越受到人们的重视。当人们出现口腔异味、牙龈出血、牙结石沉积、乳牙反颌、牙齿排列不齐、牙齿畸形等问题都会去找牙医，尤其在白学文的诊室，可以用蜂拥而至来形容。从鸣沙到舟塔，再到长山头，最后到宁安镇，白学文先后待过4所乡村医院。每到一处，既有老病人辗转追随，又有新病人聚少成多。找白学文治病的患者滚雪球一般越滚越大，原因有两个：一是他在牙体牙髓病、活动义齿修复和固定义齿修复、无牙颌义齿修复及各类牙齿的拔除等方面有较高造诣；二是他从医35年来，对待患者不分贫富，不分社会地位高低，都一视同仁，始终把患者的生命安全放在首位，真诚与患者沟通，听取患者的想法，确定最终治疗方案，真正做到了视病人如亲人。

白学文的许多同学已成为各大医院的顶梁柱。只有他，一辈子在乡镇医院转圈圈。上级主管说，没有办法，白学文就是一剂药，放他到哪里，医院就能活。

面对患者和上级的肯定，白学文说："我只是尽医生的职责，病人回报的却是更多的良善和信任，他们的爱更伟大。我多次获得市、县级先进工作者等荣誉称号，是对我工作的最大肯定。"

"最美医生"持大爱 "枸杞之乡"铸医魂

——记中宁县舟塔乡卫生院医生孟凡举

马 勇

孟凡举 1980年7月生，汉族，山东阳谷人，中共党员，退役军人。中医全科副主任医师。曾任中宁县大战场镇中心卫生院医务科科长、副院长，中宁县医康养综合服务中心副主任。现任中宁县舟塔乡卫生院党支部书记、院长。曾工作于解放军部队医院，先后参加了宁夏高等教育中西医结合专科自学考试和宁夏医科大学中医学专业业余本科课程的学习，并顺利取得毕业证。从事针灸临床工作近20年，是宁夏老兵宣讲团成员、中卫市青年讲师团成员。现为中国民族医药学会疼痛分会内热针专委会副秘书长、常务理事，中国针灸学会委员，宁夏心理卫生协会中医心理卫生专委会委员，宁夏卫生计生适宜技术推广项目内热针治疗颈椎病的临床应用与推广课题负责人。2016年被评为"中宁县名医"；2018年11月，入选中央文明办主办的"中国好人榜"，获"敬业奉献好人"称号；2019年，被中宁县委、县政府评为"最美医生"；2019年，被自治区精神文明建设指导委员会、自治区党委宣传部、自治区卫生健康委评为"最美医生"。

从军路上的学医梦

1998年，孟凡举怀揣着军人梦走进了中宁驻军的军营，成了一名光荣的解放军战士。到部队的第一年，因为文化低、没技术，部队里的苦活累活他几乎干了个遍，身体强壮了不少；部队里纪律严明，条件艰苦，正是这个大熔炉磨炼了他的意志，使他变得更加坚强、勇敢。随着阅历的增加，孟凡举清醒地认识到要想成为一名优秀的战士，就必须要加强学习。

2000年，部队要选拔一批战士进行卫生员培训，孟凡举想到了有腿疾的父亲。他要抓住这个机会，圆自己的梦，"我要当个卫生员，学好医术医治父亲的腿疾，让父亲摆脱痛苦。"孟凡举几次找连长、指导员，想去卫生队学医，并多次递交申请书，最终他如愿参加了2000年集团军举办的卫生员培训班。在训练队，他刻苦学习医学理论知识，积极参加战地救护训练，把训练场当战场，做到掉皮掉肉不掉队、流血流汗不流泪。带队领导让他担任了学员班班长，他带头爬战术、搬伤员，一遍一遍地反复练习，训练场的水泥地上留下一道道鲜红的血迹。他还在自己身上反复练针灸，用生理盐水在自己身上练打针，终于，他以优异的成绩完成了各项培训，被评为优秀学员。

回到营区他到了卫生所，当时的卫生所没有军医，没有医疗器械和药品，官兵打针吃药都要请假去旅部卫生队。他向卫生队申请药品和简单的器械，把卫生所支撑了起来。当时他还没有掌握全面的医疗技术，工作中闹了不少危险。一次炊事班的一名战士切菜时不小心切了手，流了很多血，清洗伤口时，这名战士因晕血忽然栽倒。孟凡举一下蒙了，包扎好伤口，背起这个战士就往旅部卫生队跑。刚跑到卫生队诊室，这名战士就苏醒了，这件事让孟凡举深刻认识到医术的重要和自身的不足。

后来，只要一有空他就去旅部卫生队观摩军医诊疗，向军医学习针灸、按摩。在军医老师的耐心指导下，他的医术进步很快，到卫生所就诊的官兵越来越多。他的业务范围也不断扩大，打针开药、清创缝合、针灸推拿都很熟练，卫生所的工作走在了全旅前列。孟凡举四次参加全旅专业技术比武，取得两次第一、两次第二的好成绩，战地救护训练成绩始终名列前茅。其中止血、包扎，规定2分30秒合格，孟凡举的纪录是58秒，有两次技术比武，对手看了他的成绩后直接弃权。

2003年，孟凡举光荣地加入了中国共产党。

2002年4月开始，孟凡举克服一切困难，参加了宁夏高等教育中西医结合专业专科自学考试。当时白天训练忙，没时间看书，他便买了个手电筒晚上在被窝里看，将知识点写到一张张小纸条上并装到兜里，白天训练间隙、跑步拉练路上便拿出来一点儿一点儿背。还联系出版社购买配套的练习题和试卷，每套题他都做三遍。辛苦的付出终于有了可喜的回报，2005年12月，孟凡举取得中西医结合专科毕业证，从业余卫生员跨入了专业医师行列。发证的工作人员说，宁夏军区报名自学考试的有近百人，只有孟凡举一人考取了毕业证，他成了全旅自学成才的楷模。

2006年，在部队的推荐下，他到中宁县中医医院针灸科交流学习。在这段时间，孟凡举有了当一名中医针灸推拿师的愿望。2006年底，孟凡举依依不舍地离开了他热爱的军营。

回到山东老家的孟凡举，和父母商议就业计划，准备寻找一家知名针灸推拿老中医给他做助手。这期间，他计划完成宁夏医科大学中医学专业本科课程的学习，争取一次性取得中医本科学历，取得中医医师资格证，自己开设一家中医针灸馆。

小医精诚，大爱无垠

2007年4月12日，一个显示为中宁县的移动电话打到了孟凡举的手机上。打来电话的是中宁县大战场镇中心卫生院的严院长，说他们医院想设立一个针推科，急需招聘一名针灸推拿医生，是中宁县中医医院针推科主任推荐了他。

孟凡举说服了父母，顺利通过考试并来到了中宁县大战场镇中心卫生院，从此，宁夏中宁县真正成了他的第二故乡。

拥有7万多人口的中宁县大战场镇是个移民新建镇，为解决镇里群众看病难、看病贵的现实问题，院领导决定创建针推科。孟凡举成了大战场镇卫生院针推科的主任和唯一的医生。

面对卫生院设备落后，药品、器械相对不足的情况，他不等不靠，立足现有条件积极推广中医针灸推拿加中药配合联合治疗服务，从最初的6张治疗床开了张。

孟医生接待患者和蔼可亲，碰到拿不准的病情他便不厌其烦地请教老师，以做到精准判断，快速制定符合患者的治疗方案。不到一年，孟医生在大战场镇就有了美名，镇里的群众只要患了腰椎病、颈椎病都去挂孟医生的号。周边的腰椎病、颈椎病患者也慕名来找孟医生看病。

孟凡举没有满足现状，先后去山东济宁现代针灸研究所、宁夏中医医院暨中医研究院、宁夏中西医结合医院进修学习。

2008年10月，孟凡举所在卫生院开展了针刀治疗术和骶管注射术，走在了全县乡镇医院的前列，使广大患者既享受了县级医院的治疗，又节省了医药费用。他牢记"小医精诚、大爱无垠"的理念，行医不看贫富、无论老幼，热情对待每位患者。

2012年9月底，他收治了一位腰椎间盘突出患者，CT片子显示患者腰椎间盘轻度突出，但是患者腰腿疼得厉害，并且是24小时不间断地疼。面对患者的病痛，他放弃国庆假期加班为其治疗，针灸、推拿、牵引、输液、骶管注射，各种办法都

用了，治疗了10天，病情缓解不明显。10月8日晚上10点，患者疼得实在熬不住，紧急转到县中医医院，请专家进一步会诊，最后没办法打了杜冷丁，疼痛缓解了3个多小时，第二天一早疼痛再次加重，病人被紧急转送到银川进一步诊治。

患者的病在几家医院都被诊断为腰椎间盘突出症，为什么按正常治疗方式治疗疼痛不缓解？他意识到干工作光有热情和敬业精神还远远不够，要想干好工作还必须要有更先进的技术。尽管身处设备落后的乡镇卫生院，但是技术不能落后，因此必须发展技术、引进技术。2013年12月，在院领导的支持下，引进了国内治疗软组织疼痛的先进技术——内热针技术。

当时内热针技术在国内刚刚起步，只有山东、北京、武汉等几个大城市的省、市级医院掌握该技术，在宁夏还没有。没有经验可循，相关书籍和资料也少，同行和患者对新技术认可度不高，什么样的病情、哪个部位用多粗的针、多高的温度自己也没底。这种情况下，他用自己的身体来体验针刺的感觉，在身体各部位分别用不同粗度的针、不同的温度来测试，

用自己的身体一次一次验证技术，收集和记录了大量关键数据。经过临床慢慢推广，患者逐步接受了内热针，先后有6000余名患者接受了内热针治疗，得到了广大患者的好评。

目前，大战场镇中心卫生院的针推科拥有16张治疗床，还有电动牵引床、六合治疗仪、中频治疗仪、软组织伤痛治疗仪、内热针治疗仪、医用臭氧治疗仪等价值数十万元的医疗设备，年诊疗人次5000余人次。

奔在实现理想的路上

2014年9月，为适应当地医疗发展需要，提升科室医疗水平，减轻病人经济负担，孟医生积极与宁夏医科大学国家级课题负责人联系，为科室争取到了"十二五"国家科技支撑计划项目，该项目由宁夏医科大学牵头并承担，孟凡举是协作单位中唯一乡镇卫生院代表。经过10个月的努力，完成53例患者的治疗及病历收集工作，顺利通过验收。此课题为患者减免医疗费5万余元，得到了广大患者的好评，提升了医院知名度，将医院针推科工作推到了全区前列。

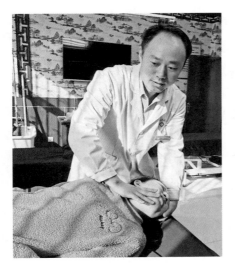

孟凡举的努力和付出得到了各级领导的好评和广大患者的信任。家住银川的患者患腰椎间盘突出症，腰腿疼得连半个小时都坐不住，四处求医花掉了几万元仍得不到缓解，2016年经人介绍找到了孟凡举。经过3次内热针治疗，折磨了患者几年的腰腿痛终于被治好了。2017年，这位银川患者的爱人也患上了腰椎间盘突出症，在银川大医院住院治疗半个月，病情得不到缓解，他便直接租车将爱人拉到了大战场镇中心卫生院。经孟凡举治疗，一周痊愈出院。2017—2018年连续两年组织承办宁夏内热针技术应用推广培训班，大战场镇中心卫生院被中国民族医药学会疼痛分会授予内热针临床基地。科室先后为西吉新营卫生院、中卫圣心源康复医院、泾源泾河源卫生院等医疗机构培训了多名内热针临床人员。2018年9月，孟凡举成功申报了宁夏卫生计生适宜技术推广项目——内热针治疗颈椎病的临床应用与推广，该项目开创了宁夏乡镇卫生院申报厅级推广项目的先河。

2016年，正在宁夏回族自治区中医医院暨中医研究院进修学习的他，接到大战场镇红宝村村民的电话，说他的腰疼得受不了，病痛折磨的村民边打电话边呻吟，恳求孟大夫一定要给他扎针。学习结束已经是晚上10点了，孟凡举连夜坐火车赶回，第二天到医院为村民治疗。这样的事情，不只发生了一次，只要是知道孟凡举大夫电话的患者，经常有这样的情况发生。

2018年1月，孟凡举完成了宁夏医科大学中医学专业业余本科学习的考试，拿到了中医本科毕业证。

2019年，孟凡举被自治区精神文明建设指导委员会、自治区党委宣传部、自治区卫生健康委评为宁夏第二届"最美医生"，同年9月应河北平乡县委宣传部邀请参加了第二届好人故事传承交流活动。

2019年7月，孟凡举作为基干民兵

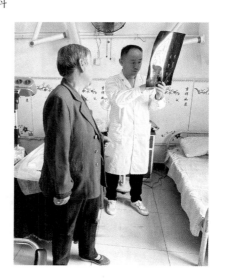

参加了宁夏军区民兵整建制分队应急应战能力比武竞赛。集训期间，他担任中宁县医疗救护连政治指导员。虽然脱下军装十几年，但平时工作军人本色不改。集训20多天，无一人叫苦叫累，大家训练热情高涨，很多队员早上5点多就早早起来背诵理论，晚上看书到12点多。通过全连团结一致、奋力拼搏，取得专业分队第一名，军事及专业理论考核、战地急救、野战救护所搭设3个单项第一，手榴弹投掷和简易担架制作两个单项第二的好成绩。

孟凡举在实践中不断总结医疗经验，先后发表学术论文4篇，参编《内热针临床治疗手册》1部。

2021年6月，孟凡举被任命为中宁县大战场镇中心卫生院副院长。2022年8月，孟凡举被任命为中宁县医康养综合服务中心副主任。同年11月，又被任命为中宁县舟塔乡卫生院党支部书记、院长。新岗位、新起点，在新的工作岗位上孟凡举锐意创新，抓班子、带队伍，以身作则，带领全院职工经过一年的努力通过了国家"优质服务基层行活动"基本标准验收。

经过近20年的辛勤努力，孟凡举取得了优异的成绩，他先后荣获县级先进工作者、县级名医，市级先进个人，市级优秀医师，县、市、省级"最美医生"，县级"岗位学雷锋标兵"，市级"守法好公民"等荣誉20余次。入选"中国好人榜"，获"敬业奉献好人"、"敬业奉献"道德模范称号，还被共青团中卫市委员会评为"向上向善好青年"，2018年6月被中国民族医药学会疼痛分会聘为常务理事，2019—2021年连续3年被共青团中卫市委员会聘为青年讲师团讲师，2020年被共青团中卫市委员会评为优秀青年讲师，2021年在第二届基层卫生健康发展与传播大会上被评为基层服务能力提升优秀实践者，2022年7月进入宁夏"最美退役军人"入围单名，2023年荣获宁夏退役军人就业创业典型培树活动"戎耀之星"。

通过刻苦钻研，他先后考取了中西医结合内科主治医师、中医全科主治医师、执业中药师、中医全科副主任医师。在临床工作中遵循"法无定法、安全第一、疗效第二"的原则，提出的"小医院、大思路，小科室、大作为"的理念得到了业内众多专家的认可。他注重应用内热针、小针刀、骶管注射、三氧疗法等微创疗法配合关节手法调整治疗各种颈肩腰腿疼疾病，让无数患者享受到健康带来的幸福。

春风化雨，润物无声，孟凡举在平凡的工作岗位上践行了救死扶伤的誓言，把近20年的青春年华奉献给了第二故乡。作为一名退役军人，他把工作当战役，充分发挥特别能忍耐、特别能吃苦、特别能牺牲的精神，始终保持军人本色，以实际行动诠释着全心全意为人民服务的初心使命。

择一业　终一生

——记中宁县渠口农场医院医生陆学军

樊兴唐

陆学军　1966年10月生，汉族，宁夏中宁人，中共党员。1986年12月参加工作。1996年7月毕业于河南医科大学，取得专科学历。2004年7月参加宁夏医科大学中医专业自考并取得大学本科学历。擅长中西医结合治疗内科、儿科危重急症以及过敏性休克、心力衰竭等。现就职于中宁县渠口农场医院，内科副主任医师。先后多次被评为"优秀共产党员""先进工作者"，受到中宁县委、县政府、县卫生健康局的表彰奖励。

　　2024年2月9日晚上，浓浓的年味弥漫在每一个角落。有一个建筑灯都开着，太阳般的暖洋洋地亮着，这里就是中宁县渠口农场医院。

　　医院的病房里只剩了一位患者，他是因上呼吸道感染住院的。病人目前仍然浑身酸痛、咳嗽，症状还没有完全消除。要过年了，白天他要求出院，但被陆医生劝了下来。这让他有些闹不明白：在医院过年，这算什么事！

把病人也算上，医院里不超过三人。护士站有休息室，小裴趴在休息室窗台上，看向远处腾空的烟花。

内科诊室里坐着的就是陆学军医生，被年的气氛笼罩着，他的脸上洋溢着祥和的色彩，看上去比平日年轻了许多。他没有感觉到在医院过年有什么奇怪的，有什么不可以。

病人是亲人，医院就是家。记得有

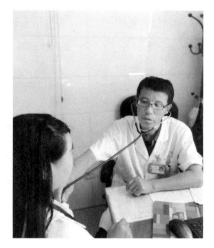

一次在渠口农贸市场的一棵树底下，有几个人一边乘凉一边扯闲篇。我恰好路过并听到了他们的讲话，大致是说太阳梁四队有个孤寡老人，儿子在外打工，她和两个孙子相依为命。她是陆学军医生的老病号，陆医生不忍心老人家为了省几块钱而走着来再走回去的遭罪，就三番五次帮她找车，垫付医药费，后来变成直接上门为她诊疗，等等。

我当时不知道陆学军这个人，心里也并没在意。现在想起，内心不禁感慨万千。

爱医院，他坚持了38年；爱患者，他奋斗了38年。

病历像一本书，记录的是或长或短的人生。陆学军医生的病历里有这么一句话：1995年7月18日下午，一位因家庭矛盾服了大量农药的患者被紧急送到医院。

患者是位女性，陆医生接诊时患者昏迷不醒，无自主呼吸，心跳停止，情况十分危急，已来不及送往大医院，如不及时施救，随时会有生命危险。而医院当时的医疗条件极为有限，没有洗胃机，没有呼吸机，没有心电监测仪，没有检测有机磷中毒的试剂。面对如此困境，陆医生顾不得多想，迅速组织医护人员进行抢救……凭借自己丰富的临床经验和顽强的

159

意志力，他跟同事们熬过了一个艰难的抢救过程。

责任在肩，那一次他三天三夜没下班，饿了就吃一点儿家人送来的饭，寸步不离患者。第一个礼拜患者脱离危险，第二个礼拜患者康复出院，硬是从死神手中抢回了一条鲜活的生命。

舍小家顾大家。3年前的一个下午，妻子在家给他打来电话，接完电话后他潸然泪下，慌忙安顿了手头的工作，然后就飞奔向家里。但他最终还是没能见到父亲，老人家静静地走了，永永远远地走了。陆医生没能见上父亲最后一面，没能和父亲说上最后一句话。

陆医生父亲得的是胃癌，卧病在床近一年光景。这一年除了休息日陪伴父亲，他没有请过一天假。年里月里，老人的饮食起居一切由妻子一人承担。

自古忠孝难两全。如今，母亲已年近90岁高龄，说不定哪一天也会离他而去。但他依然不能承欢膝下，他懂得什么是使命，他懂得守护群众身体健康的责任大于一切。

父亲去世的这一天是2021年1月20日，他深深地记住了这一天。而就

在这一天，他又萌生了一个念头：争取做一个家乡人民的好儿子。

我认识陆医生是在2013年。记得刚从海原搬迁过来，我的老胃病反复发作，整日不思茶饭，胃疼腹胀。抱着试试看的心态，我找到了陆医生。他认真地听了我的病情复述，然后就很细心地给我做了相关检查，从始至终，态度都很温和。就诊结束后，我俩各自操着家乡话，随意聊了几

句后便带着他的叮嘱和一大包药回家了。中药和西药我大概吃了七八天的样子，病情就有了明显好转，这给我增加了很多信心，于是后来找陆医生便有了第二次、第三次……

经他医治后，我的病情基本稳定，没有再复发，就这样一来二去，我和他便熟悉了。有时候去他那里，也会说一句玩笑话："喂，阿莫西林，你是个攒劲人。""阿莫西林"是他的网名，他喜欢他的网名，也喜欢别人这样叫他。

真情绽放，德馨自来。1986年12月，年满20岁的陆学军拥有了一份自己喜爱的工作，成了一名白衣战士。那一刻，他觉得树上的鸟儿、河里的鱼儿也变得那么可爱。那个夜晚，他高兴了一整夜。

接下来的日子便是上班和下班，似乎很简单。而当一天有人问他家里人得了一种比头痛发热更厉害的病，这究竟是什么病？怎么治？应吃什么药时？那一刻他强烈地意识到光有青春热血是不够的。

医院是救死扶伤的战场，不是花好月圆的舞台。从那时起，他给自己立了一个奋斗目标——学习、钻研、实践，再学习，再钻研，再实践。

1993年，他迎来了去河南医科大学学习的机会。通过3年的学习与努力，他以优异的成绩取得了专科学历，之后又到宁夏医科大学附属医院进修一年，同样取得了优异成绩。2000年，他利用业余时间学习宁夏医科大学中医学类自考专业，4年后取得了大学本科学历。不断学习，不断进步，2017年1月，他取得了内科副主任医师高级职称。

一路走来，有艰辛也有收获。在多年的临床工作中，他曾先后4次被中宁县政府评为先进工作者，5次被中宁县卫生健康局评为先进工作者。

在38年的风雨坚守中，陆学军赢得了患者以及家乡人民的一致好评。

匆匆杏林路

——记中宁县渠口农场医院医生童升云

樊兴唐

童升云 1963年9月生，汉族，宁夏中宁人，中共党员。1982年8月从事医疗卫生工作至今。1995年7月毕业于河南医科大学。现就职于中宁县渠口农场医院，普外科副主任医师，中医类全科医师，职业中药师，中国针灸学会宁夏分会会员。多次被中宁县委、县政府及中宁县卫生健康局评为"优秀共产党员""先进工作者"等荣誉称号。擅长运用中医针灸、小针刀、内热针治疗脑梗、脑出血后遗症、风湿骨病、颈肩腰腿疾病、面瘫等。

童升云，是中宁县渠口农场医院普外科的一名副主任医师。他生于渠口，长于渠口。奔腾的黄河水给予了他勇往直前的脾性，也给予了他博大的胸怀。

1982年8月，18岁的童升云走进了医院，他的人生从此开始。

童升云明白，行医只靠一腔热情是无法完成悬壶济世这一使命的。为了提升业务能力，他一边虚心向带教老师学习，一边参加了由光明日报社组织举办的北京光明中医函授大学学习。学习地点在石嘴山市石炭井区的矿务局医院。为了不耽误课程，他几乎每个周末都要去那里学习；为了节省时间，他每次都是头一天乘坐晚上的火车到达石嘴山，第二天下午再乘车到医院。就这样，他克服了各种困难，坚持完成了4年的学习任务。

春去春来，岁月像一条泛光的河，永不停歇地向前奔流；花开花落，如他奔忙的脚步，早晚匆匆。

1992年7月，童升云去河南医科大学学习，1995年5月取得临床医学医师资格；2001年去宁夏回族自治区人民医院骨科专业进修，2008年取得骨外科主治医师资格；2013年去宁夏中医医院暨中医研究院参加中医类全科医生培训并取得中医类全科医师资格，2016年取得外科副主任医师资格；2017年取得中药类执业药师资格，2018年成为中国针灸学会宁夏分会会员。他一步又一步，迎难而上，付出了辛劳，也收获了喜悦。

施妙术，慰人心，一片深情传大爱。

10月5日，在为老百姓宣传传染病防护知识的路途上，童医生突遇一右臂桡骨小头半脱位男孩。正在孩子疼痛难忍、父母焦急不安的时刻，童医生救星似的出现在他们面前，他二话不说，马上给孩子进行复位治疗。孩子的病痛解除了，在场的人无不欢欣，孩子父母更是感激涕零。这件事不正是他守护人民健康的真情流露嘛！

中宁县融媒体中心、宁夏电视台、《河北日报》、《酒泉日报》、"学习强国"学习平台等10余家媒体曾进行了宣传报道，引起了社会的高度赞扬。

2013年10月，从周边市县慕名而来的李先生家人一路打听找到童医生，请求为多年来饱受脑梗折磨、已经无法行走的李先生治病。

他欣然答应。经详细了解李先生病情，他决定采用穴位针疗、激光疗及药物相结合的办法治疗。在历经半个月的治疗后，李先生竟然有了独立行走的惊喜变化，患者及家人对他的救治之恩感激涕零。

在当地，一位年迈的老人因病痛经常来医院治疗。而这位老人病情复杂，需要医生依据病情随时对症下药。为此，童医生坚持上门为老人诊疗，由于工作强度大，他因低血糖晕倒过好几回，但是，对自己身体的困扰，他选择了坦然面对。

20年前，家住渠口农场园六队陶某因右股骨颈骨折在家休养，因护理不当导致臀部出现褥疮，局部组织坏死，溃烂深达骶骨。由于家庭条件差，患者及家人执意要放弃治疗，在童医生耐心劝说下，患者住进了医院。经调理治疗，坏死组织恢复后，他主刀为患者进行了植皮术。术后植

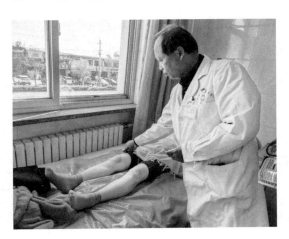

皮成活率高，为一个家庭带来了希望。

患者陈某，患高血脂、高血压、双下肢静脉曲张及双下肢脉管炎多年，下肢血栓溃疡，血管破裂出血频繁。每当被送到医院，他总是及时医治，并且治疗费用

能免就免。2018年8月的一天，他轮休在家，突然接到值班的刘医生打来的电话，说陈某下肢又出血了，要他赶快到医院。赶到医院后他发现患者已处于失血性休克状态。时间就是生命，他立即做了出血点纱布加压包扎，一边组织医护人员进行双上肢静脉通道血容量补充。经紧急抢救，患者恢复了知觉，最终从死神手中又抢回了患者。

从医42年的朝朝暮暮，弹指一挥间。如今，他已不再是那个意气风发的少年，但他守护人民群众健康的初心丝毫未变。他以自己的实际行动诠释了伟大时代的医者仁心，获得了人民群众的广泛赞誉，得到了当地党委、政府和上级组织部门的认可。

从2015年至2023年，他先后9次被中宁县渠口农场医院、中宁县卫生健康局、中共中宁县委员会、中宁县人民政府评为"先进工作者""优秀工作者""优秀共产党员"。他先后发表医学类论文10篇。

童医生说："医生不能为患者想要的结果而努力，那一切都将会失去意义。"

勤勤恳恳杏林路，矢志不渝迎春来。

向童升云医生致敬！

情系农场　奉献农场

——记中宁县长山头农场医院医生李虹

金　东

李虹　1979年9月生，汉族，宁夏中宁人。1998年毕业于宁夏卫校，2000年进入中宁县长山头农场医院从事临床医疗工作。现为长山头农场医院主治医师。连续多年被县卫生健康局评为先进工作者。

"像我这样迷茫的人，像我这样寻找的人，像我这样碌碌无为的人，你还见过多少人。像我这样孤单的人，像我这样傻的人，像我这样不甘平凡的人，世界上有多少人。像我这样莫名其妙的人，会不会有人心疼？"每当听到毛不易的这首歌时，我就会想起她——李虹。她是我初中时的同班同学，至今在中宁县长山头农场医院工作已经20多年。李虹的性格跟我一样，都比较内向，平时不爱说话，不爱笑。我俩的工作单位虽相隔不过百米，但平时很少交流。她还是跟上初中时一样，有点痴，痴到在医院一干就是20多年，几十年如一日，兢兢业业，一丝不苟。

即使没有多少人知道李虹的名字，即使口罩遮住了她的容颜，但是她的美是任何东西都遮挡不住的，病人喜欢她，同事敬重她，孩子、丈夫爱她。

李虹话虽不多，但对病人却比较热情。来这里看病的，一般都是长山头农场的人，不管是老人还是小孩，不管是职工还是移民，不管是有钱的还是没钱的，她都一视同仁。来了，先打招呼，然后询问哪里不舒服，再观察、诊治。我问她，时间久了，会不会对工作生厌，会不会没有激情。她说，不会呀！要当好一个医生，就得服务态度好，热情、周到，细致入微。

正巧这时来了一位50多岁的女人来看病，不喜言笑的她脸上立马挂上笑容，就跟她说的一样，病人高高兴兴地来，高高兴兴地去。当被问到碰到脾气不好的病人，或者一时着急爆粗口的该怎么办？她说，这都没啥，应对策略就是微笑，出门不打笑脸人嘛。

李虹初中毕业考上了宁夏卫校。面对基层复杂的医疗工作，她努力学习理论知识，通过自学先后取得了大专、本科学历。为了更好地运用理论知识帮群众看病，2012年她又参加全科医生转岗培训学习并取得了全科医师证。

2000年，李虹进入长山头农场医院从事临床工作。从业20多年来，李医生对待工作一直兢兢业业，全心全意地对待每一位患者。

作为医院的中坚力量，李虹不断学习，以患者感受为主，急患者之所急，想患者之所想，提供患者之所需，在最短的时间内帮助患者解除病痛，为患者节省医疗费用，切实缓解了患者看病难、看病贵的问题。

在她的心中，医生是个神圣的职业；在她眼里，患者高于一切，生命重于泰山。她懂得换位思考，用一颗诚心与患者交流。作为一名本地人，面对熟悉的大爷大妈，从小看着长大的孩子们，只要他们有需求，她随叫随到；作为家庭医生团队的队长，她带领团队成员为辖区的群众提供上门健康宣教服务。碰到前来问诊的群众，她会耐心地解答群众的疑问，叮嘱一些需要注意的事项。同时她利用多年临床工作经验，对下级医师进行传、帮、带、教，为医院整体医疗水平的提高贡献了力量。

基层医疗工作要求医师全面发展，在专业上除了主攻内科常见病，还要掌握儿科、妇科、外科等各科常见病的诊疗，成为一名全能医生。

工作时间久了，找李虹看病的人越来越多。我调侃她，你都成专家了。她笑了笑，说："我们都是这里土生土长的，是这里的土地、这里的亲人养育我们长大。我的工作相对简单，不像那些大医院脑外科、胸外科的医生，每天都充满了挑战。"

"那也不简单啊！虽然没有什么挑战，但是要做得这么久，这么好，也不是一件简单的事。"

"我只是个女人，没有什么大志，能把这些小事做好，就心满意足了。"

"你就没有想过调到县城的医院工作？"

"干吗那样想？这里不好吗？"

"嗯，好。"

虽说长山头农场医院是个小医院，但高峰期的时候，每天过来瞧病的也有百十来个人。她说，就是再来100个也没啥，治病救人、救死扶伤本来就是医生的天职。看到病人高兴，她也高兴，心里特充实、知足。

遇到同事家里有事需要倒班，别人一个电话，她想都没想就答应。她常常说，谁都有老人、孩子，谁都有难的时候，谁都有着急的时候，予人玫瑰手有余香！

她在平凡的工作中，努力做着不平凡的事，用微笑、用热情去温暖所有人。

医者父母心

——记中宁县恩和镇卫生院医生朱俊平

王对生

朱俊平 1984年3月生，汉族，宁夏中宁人，中共党员。现就职于中宁县恩和镇卫生院，中西医结合科副主任医师，多次被评为中宁县先进工作者。

中宁县恩和镇卫生院始建于1953年，位于县城东郊10公里外，是一所集基本医疗、基本公共卫生、计划生育技术服务指导于一体的非营利性公共综合卫生院。门诊部设有内科、儿科、中西医结合科等多个科室。

步入恩和镇卫生院门诊部，浓浓的中草药味扑面而来，中医诊室外走廊两边长椅上已坐满了候诊的患者，有男有女，有年长者，有小孩，从他们期盼的眼神和脸上平静的表情可以看出，他们大多经常来看病，从诊室内走出的患者，依稀可以看到他们脸上的阴霾散去了许多，脚下的步履似乎也轻快了不少，攥在手里的处方仿佛就是他们握在手里的一缕希望。

中西医结合科、胃肠专家门诊的诊室内，一位身姿挺拔、态度温和、身穿整洁白大褂、戴着口罩的年轻医生，正全神贯注地给一位女性患者诊脉，不时抬头轻声向患者询问病情、查看舌苔，之后熟练地在电脑上书写着处方。他，就是恩和镇卫生院门诊部主任、中西医结合科的朱俊平医生。那一刻，他的眼里似乎只有患者，其他一切都已被他屏蔽。

诊室一面墙壁上挂着患者送给朱大夫的一面锦旗，上面写着："救死辉心灵、扶伤耀深情，方剂妙对症、效仰张仲景。"另一面墙上挂着魏晋时期思想家杨泉在《物理论》上的名句："夫医者，非仁爱之士，不可托也；非聪明理达，不可任也；非廉洁纯良，不可信也。"我想，这或许就是朱大夫对自己的勉励和鞭策。

2009年6月毕业于宁夏医科大学中医学院、中西医临床医学专业的朱俊平，怀揣着一颗救死扶伤的赤子之心，应聘到中宁县人民医院中医科工作，成了一名悬壶济世的医生，这也是他从小的理想。年少时，他曾看到患重病的邻居或亲戚辗转各地看病，苦不堪言。从此，他深深地懂得了医生这一职业的伟大，尤其是医术高明的医生对患者来说是何等重要。在病人心目中，医生就是救星，医生就是给予他们二次生命的"父母"。

2012年，朱俊平以优异的成绩考取正式编制，并被分配到恩和镇卫生院，一干就是12年。

12年来，朱大夫坚守在乡镇卫生工作岗位上，兢兢业业，勤勤恳恳，为父老乡亲的健康和生命安全保驾护航。他知道，群众需要医德医风好、医术精湛、理解他们、关心和体贴他们的好医生。为了更好地服务群众，成为一名优秀的医生，他决心不断提高自己的医术。

"工欲善其事，必先利其器。"在工作中，他刻苦钻研医术，虚心向前辈请教学习，多次到上级医院进修。通过不断摸索和实践，他的诊疗水平逐渐提高，慢慢积累了许多临床治疗经验。从开始的患者少，到后来找他看病的患者越来越多；从开始的普通门诊，到如今的专家门诊，他精湛的医术赢得了老百姓的口碑，更赢得了患者对他的一致好评。

一次，一位患甲状腺结节的病人找到朱大夫，他因以前治疗效果不佳，脖子疼痛难忍，加上长期服药，心理负担过重，出现了失眠、饮食差和精神萎靡等症状，严重影响了生活和工作。朱大夫建议患者用中药调理，通过辨证施治、心理疏导等辅助治疗方法，一个疗程后，患者病情大有好转，睡眠得到了改善，颈部疼痛症状也逐渐减轻。经B超检查，甲状腺结节也明显缩小。经过3个月的中药调理，患者终于完全康复，回归到了正常生活。患者非常高兴，直夸朱大夫是神医再世，药到病除。

我国著名的中医学家、国医大师裘沛然说："医学就是人学。"多年来，朱大夫时刻牢记"一切为了病人，为了病人的一切"的宗旨，把精益求精行医作为自己的座右铭，把患者的呼声当作第一信号，把患者的需要当作第一选择，用"仁"学和"人"学医治患者疾病。

在基层医院工作，服务的病人大部分是老年人，以及患有糖尿病、心脑血管病、慢性支气管炎等基础病的病人，他们不但需要中西医结合的综合治疗，更需要心理疏导，这就需要医者具有一颗仁爱之心，一颗同情关心病人的真心，一颗视病人为亲人的爱心。

一个夏日的早上，刚上班的朱大夫迎来了第一位就诊的老人。老人进诊室的那一刻，朱大夫便发现他无精打采，面色灰暗，神情落寞，脚步沉重。老人落座后，朱大夫诊脉发现老人有肝气郁结之症，便猜测老人心中定有郁闷难解之事，于是他耐心地和老人家长里短地聊起来，慢慢地，打开了老人的心扉。这才得知老人的孙子去世，全家人悲痛欲绝，老人更是思念成疾，郁郁成病。朱大夫听后和老人的心情一样沉重，心里难受得当场红了眼眶。朱大夫知道，治病先治心，药物虽好，但心病还须心药医。经朱大夫反复劝解和开导，又给老人对症开了几服中药，嘱咐老人按时吃药，并预约了下次就诊的时间。经过几次复诊之后，老人逐渐走出了阴影，脸上也渐渐露出了久违的笑容，对生活又充满了希望。

老人常对别人说："找朱大夫看病，未开药，我的病已好了大半。"朱大夫待病人如亲人，不但治愈了患者身体上的疾病，也增强了患者战胜艰难困苦的决心。

对待病人一视同仁，一贯坚持"只看病情，不看背景"的朱大夫，在他的眼里，病人没有高低贵贱之分，没有民族职业之分，没有老弱性别之别，没有远近亲疏之别，他时刻把病人的安全放在首位，大病不拖延，小病不大治。绝不给病人做过度检查和治疗，时刻为病人着想，让每个病人都能看得起病。能花10元钱解决的问题，就决不让病人多掏一分钱，受到了患者的一致赞誉和好评。

秋冬季是呼吸系统疾病高发的季节，每到这时，基层医院患者剧增，许多老年患者长期咳嗽、咳痰、气喘，病症迁延不愈，到上级医院治疗又极不方便。朱大夫根据不同患者的症状用《伤寒论》中的小青龙汤进行辨证施治，许多患者服药后病程缩短，症状明显减轻，普遍反映治疗效果非常好。

多年来，朱大夫擅长运用中医药治疗呼吸系统、消化系统、心脑血管疾病，以及妇科常见病、多发病和一些疑难杂症，赢得了患者的赞誉，取得了较好的社会效应。

他经常说，用自己的专业特长解除患者的痛苦，是一个医生的天职，也是医者最高兴的事。

现代社会，人们工作压力大、家庭责任重，加之生活不规律、饮食不合理，导致各种疾病增多，患胃肠道疾病、心脑血管疾病的患者越来越多。朱大夫通过中医的望、闻、问、切，结合中医的八纲辨证、六经辨证、脏腑辨证等辨证方法进行综合施治，在临床上取得了显著的治疗效果。

年龄偏大、基础病居多，是乡镇卫生院患者的特点，在诊疗过程中，往往会有意想不到的情况发生，所以门诊医生既要有专科特长，也要有应急救治能力。

一次，一位老人在老伴的陪同下来到朱大夫的诊室内，刚坐下，老人便晕厥了过去，朱大夫立即施救，通过掐人中、心肺复苏等急救措施，老人逐渐苏醒了过来。之后朱大夫叫来救护车，一直陪着将老人安全转诊到上级医院，待患者病情平稳后才放心返回。

多次被评为先进工作者的朱俊平为人低调、态度谦和，正如《临证指南医案》中所倡导的："良医处世，不矜名，不计利，此其立德也；挽回造化，立其沉疴，此其立功也；阐发蕴奥，聿著方书，此其立言也。一艺而三善咸备，医道之有关于世，岂不重且大耶！"这是每一个医生应秉承的医德医风，也是朱俊平一贯坚守的初心。

杏林春满　保持初心

——记中宁县恩和镇卫生院医生赵国俊

熊　轲

赵国俊　1969 年 1 月生，汉族，宁夏中宁人。毕业于宁夏卫生学校。现就职于中宁县恩和镇卫生院，中医科门诊医师。2023 年荣获"中宁县先进工作者"称号。

　　第一次见赵国俊医生是在中宁县恩和镇卫生院一个小小的、挤满了人的中医药科诊室。赵医生喜欢对任何人回以微笑，遇见他就仿佛遇见了春天，我深知这份待人接物的温柔源自他的善良。

　　赵国俊医生1990年工作至今，最擅长的便是运用中医药治疗消化系统疾病、慢性病。在中宁县恩和镇卫生院，当被问到为什么会选择用中医药济世救人、为什么会对中医药产生浓厚的兴趣等话题时，赵国俊医生挺直了腰板回答道："因为中医药在乡村医疗中优势比较明显，中医药源于民间，扎根于乡村，运用中医药救人既能减轻乡亲们的痛苦，又能更好保障咱们恩和镇的基本医疗卫生服务供给。"在恩和镇工作了30余年的赵国俊深知农村医疗资源匮乏、基础设施落后、医学人才短缺，但他毫无怨言，用实际行动践行着自己的初心使命。

赵国俊深知，行医治病光有一腔热情是远远不够的，重要的是要有健全的诊疗知识体系和过硬的中医本领。

《古今医统》云："望闻问切四字，诚为医之纲领。"他遵循中医传统诊断方式，对患者的舌象、精神、面色、脉象等进行仔细观察，积累经验，仔细分辨病情的虚、实、寒、热，斟酌药方中每一味中药材的加减取舍，久而久之，形成了一套价格低廉、药效显著的开方经验。同时，为弥补理论上的不足，赵医生加大对中药学、方剂学、人体解剖学、生理学等方面知识的系统学习，只要有专业技术培训班、医疗学习班等活动，赵国俊都会尽可能参加，奔着吃透核心概念、掌握基本原理、构建知识体系的目标孜孜不倦探索学习。

赵医生在恩和镇日复一日地学习，年复一年地研究，把压力转化为学习动力，将理论和实践有机结合，用取类比象的认识方法，探索事物的规律和本质，指导临床实践。他始终秉承既要知其然，更要知其所以然的态度，对待每一种病症务求严谨，研透病因，熟知药理，积累了大量独具特色的治疗经验。他时常反思与追问，永不满足于现状，深研中医药文化，以进一步提升自己的底蕴。

2023年国庆长假，本是赵医生难得的休息日，但是有患者点名要赵医生为自己看病，任凭其他医务人员如何解释，患者也不满意。医务人员无奈只好给赵医生打电话，请他来卫生院加班。赵医生并未推脱，仅仅不到5分钟便赶到了卫生院。患者见到赵医生如释重负，赵医生一边安抚病人，一边耐心问诊。患者从刚来卫生院时的大喊大叫到诊室中不时传来声声感谢和祝福，大家悬着的心总算放了下来。对于此事，赵国俊说："患者本身患有疾病，对此怀有恐惧情绪，心理的压力再加上身体的不适，难免焦

躁不安。理解了这种情况，那么平时工作中出现的医患问题就不是问题了。再说了，患者点名找我，这证明了我确实为一方村民提供了有效的身体健康保障，我高兴还来不及呢。"

乡村医生犹如夜空中的星，闪烁着耀眼的光芒，照亮了乡村的夜空。"都是普通老百姓，赚钱不容易。作为一名乡村医生，我能做的就是让乡亲们花最少的钱，在最短的时间内看好病，这是我对自己从医三十余载职业道德的坚守，也是对乡亲们的交代。要说我行医的收获，医术上能够得到乡亲们的认可就是我最大的收获。"赵医生微微凹陷的眼眶中双眸闪烁着幸福的光芒。

30年来，赵医生走遍了恩和镇的家家户户。当乡亲们病得厉害，或走路困难，或家庭问题无法到卫生院就诊时，赵医生就会到病人家里看诊。他开的药不仅价格地道，而且疗效显著，久而久之，找他看病的人越来越多，乡亲们都交口称赞。

"捧着一颗心来，不带半根草去。"面对病人的问题、各种疑难杂症、工作和生活的琐事，赵医生总是不慌不忙地将事情处理得井井有条。这份淡定从容来自一名医生的职业素养和恩和镇30余年乡村行医岁月的沉淀。赵医生说，可以上门入户巡诊快、判断病因快、寻求最优治疗方案快、对症下药快，但是行医状态不能急、不能慌、不能乱，作为医生倘若没有这份自觉，那就谈不上对病人负责，对自己负责了。

采访时，我不经意间瞥见赵医生一双布满褶皱的手，每一条皱纹恰是岁月的考验和积淀，记录着杏林岁月的痕迹和乡村生活的磨砺。赵医生就像恩和镇广袤土地上的一株梭梭树，拥有抗寒、抗旱、耐盐和抗风沙的秉性，怀揣一颗外刚内柔之心，帮助乡亲们抵挡疾病、疼痛、寒冷。

"良医处世，不矜名，不计利，此其立德也；挽回造化，立起沉疴，此其立功也；阐发蕴奥，聿著方书，此其立言也。一艺而三善咸备，医道之有关于世，岂不重且大耶！"如今，赵国俊年逾花甲。说起对于未来职业发展的规划，他坦言在恩和镇的这些岁月确实做了很多思考，如何给乡亲们传递健康的生活理念，如何根据国家政策普及基本的医疗常识和中医文化，如何更新诊疗机制以让患者享受到更好更快的治疗，如何迅速开展救治……这一切思考都源于心中一个永远不变的念想，那就是在恩和镇安下心、扎下根，服务好乡亲们。有人劝他离开恩和镇往外走，有私立医院高薪聘请他，都被他婉言谢绝了。赵医生说："我在恩和镇卫生院工作了很多年，熟悉这个地方，熟悉每一位乡亲。他们放心找我看病，我对这个地方感情很深。"

一个偶然的机会，我了解到赵医生的家庭状况。赵国俊一家仅靠他在卫生院微薄的收入生活，儿子还在兰州大学攻读研究生，他居住的地方没有院墙，仅有一间平房，而屋内的家具老旧得不成样子。屋里最值钱的东西莫过于一台老旧电视机。听说，镇上在了解赵医生的家境状况后，在政策允许的情况下，希望通过农村老旧房改造为他提供一些补助，但是被他拒绝了。他说，自己没有做过什么大贡献，不能占国家的便宜。面对我的又一次提问，赵医生坚定地说："守护乡亲们的健康，是我作为医生的本分。我最大的心愿就是给予恩和镇24000余名村民一份健康快乐的保障。另外，如果真要说我家中最值钱的东西，我想并不是不到30英寸的'大屁股'电视机，而是，我从医30余年的中医知识。"听到此，我不禁感叹，这是彻底扎根恩和镇的责任感，是让全镇人民放心安心的决心。

其实，赵医生是华夏大地上千千万万乡村医生的一个缩影，他们心系乡村百姓健康，用自己的躬耕实践，筑牢农村三级卫生服务网络的网底。"医乃仁术"，这样的美誉必是一代又一代民族良医接续奋斗，从青春热血到满头银丝默默耕耘的结果。我想对于赵国俊医生最高的评价莫过于说他是一个普通的人、一个纯粹的人。

近年来，在国家政策的支持与鼓励下，随着县域综合医改工作的不断推进，恩和镇卫生院工作条件明显改善，综合服务能力不断得到提升，呈现出蓬勃发展态势。"医术精湛医德高　精心尽意为患者""医德高尚暖人心　医术精湛除病痛""医德高尚暖人心　医术精湛传四方"……在一面面锦旗下，面对乡村医疗后继有人的大好形势，赵医生的脸上露出了灿烂的笑容。

扎根山区　服务乡民

——记中宁县徐套乡卫生院医生马宗林

马希章

马宗林　1966年11月生，回族，宁夏中宁县人。1991年7月毕业于固原卫校，现就职于中宁县徐套乡卫生院。参加工作以来，扎根一线从事临床工作，熟练掌握门诊常见病和多发病诊治技术。2016年2月，被中宁县卫生和计划生育局评为先进个人。

有句话说："一个人做一件好事并不难，难的是一辈子做好事。"医生就是一辈子做好事的职业。马宗林凭着对职业的崇尚和对生命的敬畏，把自己的青春年华无私地奉献给了一个山村医院，这一干就是33年，无怨无悔。

马宗林，1966年11月出生于中宁县喊叫水乡马庄子村石坝水社一户普通的农民家庭。1991年，25岁的马宗林从固原卫校毕业，义无反顾地来到只有三四名医生的同心县下流水乡卫生院。有人看病，他是大夫；有人住院，他既是大夫，又是护士，也是勤杂工。最困难的是从来都没上过锅台的他，还要学做饭解决吃饭问题。工作忙起来生活完全无规律，饿一顿饱一顿，忙的时候甚至一天只吃一顿饭。碰到卧床不能动弹的病人，他还要翻山越岭地出诊，好在虽然山路崎岖，但能吃到一顿热乎可口的家常饭，也算是极大地改善了一回伙食。

后来，他成家了，把本来就不多的坡地留给哥哥耕种，让妻子跟随自己到卫生院，既解决了吃饭的问题，也能腾出更多的时间为患者看病和学习医学理论。妻子也不只是洗洗涮涮操持家务，还要跟着丈夫学习护理知识，逐渐成了马大夫的得力助手与搭档。两个人共同服务乡民，救死扶伤，可谓功德无量。

后来，行政区划调整，同心县下流水乡划归中宁县管辖，下流水乡与徐套乡合乡并镇，乡政府搬迁至散布拉滩。不管时事如何变换，老百姓求医问药的需求不会变，马大夫为患者服务的宗旨也不会变。在乡村医院还未建成之前，他先在乡政府所在地购置了一套移民房，既当家也当临时诊所，极大地方便了周围广大群众寻医问药。

马宗林出生于地地道道的农民家庭，深知百姓的每一分钱都来之不易，不到万不得已一般不会去看医生。于是，让老百姓花最少的钱看好病，是他最朴素的情怀。遇到没钱看病的，先治病，然后挂账慢慢还；对困难家庭的病人更是只收药费而免除医费。后来大家口口相传，说马大夫"两少一多"，即找马大夫看病的程序最少，花钱最少，到卫生院找马大夫的人最多。那时，大部分群众生活条件都很差，缺吃少穿，看病就更难了，家家只用四环素、去痛片解燃眉之急。有些人家连这些常用药也买不起，看病钱只能由马大夫垫付。

马宗林为人憨厚、待人热情，不端架子，也不摆谱，对患者一视同仁，脸上总是带着真诚的微笑。只要患者和家属有需求，不管是白天还是

黑夜，他都会深入田间炕头治病救人。徐套与下流水刚合并的那几年，乡卫生院服务着全镇21个行政村、2万多口人的疾病救治工作。最远的村子距离乡卫生院有40多里路程。马大夫从未因路途遥远而耽误村民看病。一次，白圈子村的一位老人突发疾病，生命危在旦夕，又恰逢大雪封路，需要大夫上门诊治，病人家属就给马大夫打了求救电话。马大夫接完电话，就背上药箱踏着积雪着急上了路，赶到病人家时腿脚都被雪水泡湿了。他哪里还顾得上这些，急忙扑到病人跟前进行查看。初步诊断老人得的是急性心肌梗死，经他及时治疗病情得到缓解。后来，病人家属逢人就说，若不是马大夫及时赶到，他家人的命恐怕就难说了。

徐套地处山区，交通极为不便，乡亲们生病一般也无法到条件更好的医院救治，这就造成很多病人小病拖大，许多患者送来时不是全身复合伤，就是病情急、重，诊疗难度极大，需要掌握更多的医疗技术和治疗技能。为了不断提高业务技能，马大夫为自己制订了深造计划，多年来他坚持行医和学习相结合，不断提高自己的业务技能，以更好地服务乡民。

30多年来，经他抢救、治疗成功的病人不计其数，但他总是默默无闻，不求回报。他几十年如一日扎根乡村，坚守一线，恪守医德医风，怀救苦之心，把救死扶伤视为自己的人生使命，深受徐套乡群众爱戴。

闪耀在乡间的医者之光

——记中宁县石空镇黄庄村村医魏新君

张文博

魏新君 1980 年 9 月生，汉族，宁夏中宁人，大专学历。现为中宁县石空镇黄庄村村医，全科助理医师。擅长微创埋线治疗鼻炎，中药饮片、膏方治疗胃病，以及针灸、热敷、小针刀治疗关节疾病等。2011—2022 年连续 11 年被评为中宁县"优秀乡村医生"，2018 年被评为中卫市"优秀乡村医生"。

中西医结合勇探索

魏新君是土生土长的中宁人，自幼就对中医学有着浓厚的兴趣。2000年，他从宁夏卫生学校社区医学专业毕业后，先在石空镇卫生院关帝分院工作了了两年，后转至黄庄村卫生室，一干就是22年。

医学领域的发展日新月异，只有不断学习才能跟上时代的步伐。工作之余，魏新君一有空就拿起专业书籍，一字一句地啃，一页一页地学，为自己及时充电。他十分关注最新的科研成果和医疗技术进展，积极参加中

医适宜技术培训和各种学术交流活动，与同行分享经验、探讨问题，不放过每一次学习与成长的机会。还向中宁县中医医院、宁夏中医医院暨中医研究院、上海市第五人民医院等医疗机构知名专家、教授学习中医理疗、针灸推拿、微创埋线治疗鼻炎等先进中医诊疗技术，不断提高自己的专业技术水平。

在日复一日、年复一年的努力下，魏新君不仅取得了宁夏医科大学临床医学大专学历，还考取了全科助理医师证书，为日常诊疗工作打下了坚实基础。他将学到的知识和临床实践有机结合，将自创的中医治疗方法大胆地在临床上进行推广，取得了较好的效果。

疾病诊疗显真功

"敬业守则、护佑乡亲"是魏新君的行医诺言。他始终将黄庄村村民的健康放在首位，保持严谨态度，倾听患者心声，仔细检查病情，不放过任何一个可能导致病情恶化的细节，兢兢业业、任劳任怨。

除为村民治疗一些常见疾病外，魏新君还擅长微创埋线治疗鼻炎、中药饮片治疗胃病，以及针灸、热敷、小针刀治疗关节疾病等，每年诊疗人数达1万人次，治愈率达90%。在治病过程中，他严格遵守医疗操作规范，确保每一步操作都准确无误。他凭借扎实的医学知识和丰富的临床经验，总能准

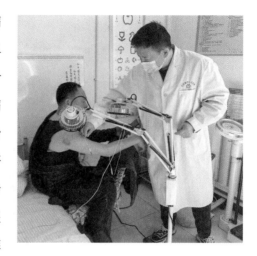

确识别疾病的特征，把握疾病的发展规律，为患者制定科学、合理的治疗方案。他高度的责任心和敬业精神得到了黄庄村及附近村民的广泛好评。

乡村的医疗条件并不十分优越，他时常用自己的积蓄为村民购买药品，甚至自掏腰包为他们支付医疗费用。在他的帮助下，许多贫困患者得以摆脱疾病的困扰，重新找回生活的希望。他的善举让乡亲们感受到了温暖和关爱，也让他们对乡村医生这个职业有了更深的理解。

敬业奉献赢尊重

魏新君深知作为一名乡村医生的使命和责任，他积极参与公共卫生服务、健康教育和预防保健等工作，千方百计为村民传递健康的生活方式和生活理念。

魏新君非常注重黄庄村的基本医疗及预防保健工作，近年来，他为黄庄村村民建立各类健康档案1488份，建档率100%。每年为0—6岁儿童接种疫苗近300针（次），管理慢性疾病患者300余人。65岁以上老人体检时行动不便，他就自己开车上门接送，并及时对筛查出的潜在健康问

题实施干预。"六类"重点人群入户访视、家庭医生签约服务、健康知识讲座等工作更是事无巨细，他将医学知识和经验转化为老百姓听得懂的语言，面对面为村民提供健康咨询和疾病预防指导。哪位老太太对药物过敏，哪位孕妇即将达到预产期，哪个孩子何时接种过疫苗，魏新君都记得清清楚楚。

力挽狂澜战死神

在魏新君看来，只要有病人等着，他就要像战士一样随时出征。

2013年的一天，魏新君正在卫生室编写医疗服务方案，一位村民急匆匆地闯了进来，嘴里嚷嚷着要找大夫。得知这位村民的邻居务农时突发疾病晕倒在田间，魏新君拿起血压计、带上出诊包就出了门。秋风夹着凉意呼啸而过，他顾不上将身上的白大褂裹紧些，跨上电动三轮车便火速赶往田地。这是一位哮喘病人，当时情况十分危急。他打开出诊包进行了紧急救治，后抱起病人放上三轮车准备送往中宁县人民医院。路

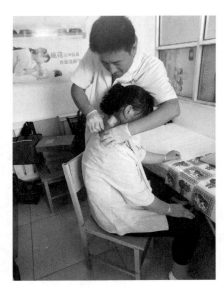

过的村民劝他赶紧送病人回家，通知外地打工的家属，他没有理会。送医的路上他拨通120，救护车已全部派出，他只好加速行驶，将病人送至中宁县人民医院急救中心，并向值班医生说明了处理和用药情况。因为救治及时，病人得到了及时有效的治疗，他再一次将患者成功从死神手中夺回。

这样的故事在魏新君的职业生涯中不胜枚举，不仅感动了黄庄村村

民，也赢得了乡亲们的尊重与信任。

魏新君爱岗敬业，把患者的健康和需求放在首位；他无私奉献，将全部心血倾注于乡村医疗卫生事业；他团结协作，与同事共同为村民提供优质的医疗服务。2011—2022年，他连续11年被评为中宁县"优秀乡村医生"；2018年被评为中卫市"优秀乡村医生"。

从田间到心间，他是闪耀在乡间的医者之光。扎根乡村医疗卫生事业24年，魏新君凭着丰富的临床经验、扎实的专业知识、严谨的工作态度，数十年如一日地坚守在岗位上，用实际行动诠释着医者仁心的真谛，书写着一名乡村医生的坚守与奉献。

一心一意为乡邻的好医生

——记中宁县石空镇倪丁村村医魏兴安

秦中全

魏兴安 1974年4月生，汉族，宁夏中宁人。1995年7月毕业于宁夏卫生学校，同年9月拜师学习临床医学。对农村多发皮肤病和脾胃病有深入研究，中西医结合治疗有独特疗效。1998年至今工作于石空镇倪丁村卫生室，1999年取得执业医师助理证。2014年、2017年、2018年被评为中宁县"优秀乡村医生"，2022年被评为中卫市"优秀乡村医生"。

8月的中宁，暑热难耐，但石空镇倪丁村卫生室却凉爽宜人，不仅因为装饰一新的卫生室，更因为卫生室全科医生魏兴安，他就像夏季的溪流，滋润着基层百姓的心田。

走进倪丁村卫生室，眼前这个60平方米的卫生室整洁明亮，环境幽雅的治疗室、观察室、药房分区有序，这就是村医魏兴安守护村民健康的主阵地。魏兴安已经成为当地群众心目中的"健康守护神"。2023年8月，他被推选为宁夏"最美乡村医生"。

"我不会说啥豪言壮语，更没有轰轰烈烈的业绩。"面对我的采访，魏兴安显得有些腼腆，"细心诊断，合理用药，尽可能减轻病人痛苦，这就是我的工作。作为村医，另一个重要任务，就是以预防为主，对村民开展长期的健康教育，引导村民树立健康的生活理念，养成良好的生活习惯和健康的生活方式，提高自我保健意识和防病能力……"

倪丁村村民居住得分散。作为村医，魏大夫走街串巷是常态。谁家有病人，谁家孩子什么时候该接种疫苗，他心里都有一本账。26年来，魏兴安的足迹遍布倪丁村的每个角落，哪家有人病了不方便来卫生室就诊，一个电话打过来，他立即上门诊疗。无论是白天还是黑夜，不管路途有多远、天气有多恶劣，每次出诊，他都耐心听取病人讲述病情，工作兢兢业业，细心观察每一个病人，从不计较个人得失。遇到疑难杂症无法救治，他都会尽最大努力帮助病人转到上级医院。

心中有目标，脚下有力量。从医以来，为实现看得准病、治得好病，为乡亲们提供优质服务的目标，魏兴安把提升服务本领作为工作的出发点

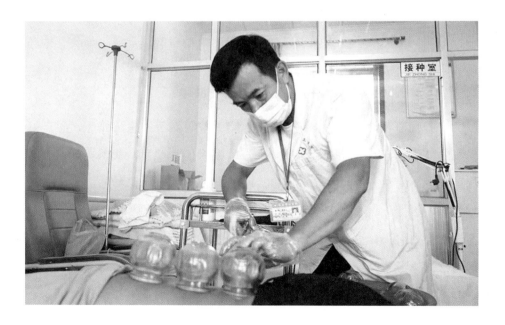

和落脚点，把守护亲人们的健康当作自己一生的事业。魏兴安不仅是这样说的，也是这样做的。

2021年10月28日晚8点半左右，村民田某某突发带状疱疹，疼痛剧烈，魏兴安知道情况后火速赶到病人家中，为其细致清洗、消毒、针灸、拔罐、中药贴敷，一系列规范治疗，患者病情基本得到控制，4天后病人基本痊愈。在整个治疗过程中，他忙前忙后，任劳任怨，没有半句怨言。类似这种情况，一年四季随时都可能碰到。20多年来经他手治疗带状疱疹的病人高达230余例，从无一例复发。

魏兴安所在的卫生室，每天病人来来往往，从未间断过。多年扎根乡村，村子里谁是慢性病患者，谁得了重症，魏兴安心里装着一本厚厚的"健康册"。他是村里600多户家庭的"活病历"，哪家人住在什么地方，有几口人，病人的病情和病史，他都清清楚楚。

为更好地提升医术，他亲尝百味中草药，在自己身上练习针灸，多次自费参加全国各地举办的特色医疗技术培训班，护送患者去上级医院时详细记录如何用药……魏兴安边看病、边学习、边琢磨，掌握了针灸、中药贴敷、推拿、拔罐等治疗基层常见病、多发病的方子，在皮肤病和脾胃病的中西医结合诊治方面亦积累了丰富的经验。

白天忙着接诊、出诊，到了晚上，魏兴安就在卫生室支张床，整理好搜集的方子，记录下检查复诊的体会。"乡亲们需要我，我就会学习。"魏兴安说。为了一个问题食不甘味、夜不成眠是常有的事。

一年四季，不论白天黑夜，魏兴安时常把村民的病痛挂在心上，从不计较个人得失，这是他的职业信仰。一村民患有严重的风湿性心脏病，每周都得输液改善。魏兴安背着出诊包到病人家里给诊疗，每次两个多小时，扎针、输液从未间断，持续了6年，这种精神令人动容。

遇到深夜急诊，魏兴安毫无怨言，起床给病人诊治，直至病人病情稳定了才离开。处理不了的直接转诊上级医院。2022年3月15日，村民冯某某来卫生室就诊，说是岔气，肩背疼痛。他根据经验，经过仔细检查，最后确诊为急性心肌梗死。他急忙开车把病人转至镇卫生院，通过心电图诊断为急性心梗。乡镇卫生院也无法救治，建议转院。他立即叮嘱病人家属急送宁夏医科大学总医院，通过心脏支架手术，病人得到了康复。正因为他医术高超，没有按照病人所说的岔气输液治疗，否则后果无法想象。

作为一名乡村医生，魏兴安身兼数职，一个人承担着全村所有人的临床医疗、家庭医生签约、老年人健康体检等卫生服务工作，完成这些工作，离不开他的妻子白琴的参与。白琴也是村医，她勤奋朴素，抓中药、取西药、扎针、拔罐、输液、伤口包扎，样样都不在话下。

26年来，夫妻俩相濡以沫，默默无闻地为农村基层卫生事业奉献着青春年华。只要村民一个电话，他总是第一时间背起药箱往村民家里赶。看病就医、健康体检、政策宣传，他没有落下一户一人。哪个组的哪个村民患何种病、病史有多久他都一清二楚。

魏兴安在村内常年开展巡诊工作，及时送发国家基本公共卫生服务项目的各种宣传资料，将防病论病知识普及到全村各家各户，并向村民宣传我国的卫生健康工作方针，宣传新型农村合作医疗、城镇居民医疗保险的优越性，主动向村民宣传改水改厕对身体健康的重要性。

当问他有什么愿望时，魏兴安说："作为一名村医，深感肩上的责任和使命重大。我要继续提高自己的业务水平，以满足村民不断增长的健康需求。充分发挥村医'前沿哨兵'的作用，力争做到村民病情早发现、早诊断、早治疗。发挥自己擅长治疗基层常见病、多发病的诊治优势，为更多患者解除身体上的疼痛。"这些年，他做到了，而且做到了小病不出村，常见病一把捏。

伴着泥土清香，满载乡亲重托，用脚板丈量山野，用仁心医治乡民。魏兴安为村民治病，不求回报，唯盼安康。只是他一个人的力量毕竟是有限的，他希望将来能有更多的青年医生返乡，加入乡村医疗卫生工作的队伍中，用自己所学的知识为乡村医疗卫生事业发展作出贡献，把这份美好延续下去。

扎根乡村医疗卫生事业，魏兴安把自己最好的青春年华奉献给了这片土地。26年来，他用高尚的医德、精湛的医术、踏实的作风，保障了当地百姓的身体健康，赢得了患者的心，也赢得了组织的信任。

日复一日，年复一年，岁月变迁，初心不改，向最可爱的人致敬！

扎根基层 让中医文化绽放魅力

——记中宁县舟塔乡康滩村村医张远祥

张建萍

张远祥 1973年6月生，汉族，宁夏中宁人，中共党员。毕业于宁夏医科大学，中医执业医师，职业中药师，现就职于中宁县舟塔乡康滩村卫生室。多次被评为中宁县"优秀乡村医生"。2023年，"枸杞泡脚"项目荣获枸杞创意大赛最具创意奖，在中宁县第一届中医药调剂大赛中荣获调剂职业技能竞赛二等奖。

在中宁县舟塔乡康滩村村部，有一间100多平方米的普通平房。别看它毫不起眼，内部却大有乾坤，设有药房、观察室等，配有智能体脂测高仪、电子血压计、理疗仪等设备设施，为方便群众就医提供了保障。这儿不仅是五星级卫生室，还是县卫生健康局助力推进建设的中医阁。

走进门，一股中药香气扑面而来，挂在墙上的"中医阁"鎏金横匾和数幅锦旗引人注目。一位中年大夫正端坐于办公桌前，为病人把脉问诊。他就是村医张远祥。康滩村卫生室虽几经变迁，但张远祥始终扎根于此，一干就是二十余载，为广大患者除病痛、保健康，赢得了广泛好评。

张远祥清楚记得中专毕业后不久，他就来到卫生室工作。一天，一位大妈戴着白色棉线手套前来就诊，她双手脱皮严重，伴有疼痛。她看到张远祥时怀疑地说："你连胡子都没长，还会看病？"为了获得病人的认可，张远祥好言相劝，表示可以先免费吃他开的药，效果好了再说。后来，大妈的皮肤病果然有所缓解。年轻时，经常有患者对张远祥表示不信任，这使得他更加坚定了当一名好医生的决心和信心。如今，他凭借自考提升了学历，考取了中医执业医师资格证、针灸证等，既能够通过西医手段诊疗村民的常见病、多发病，还能巧妙利用中医适宜技术服务群众。现在，病患看向自己的眼神里充满了信任和敬佩，张远祥深感欣慰。

真诚、热情，是张远祥为人处世的标签，工作中亦然。与患者沟通时，他会和对方随意聊上几句家常，以此缓解病人的焦虑情绪，让对方能够放松、放心地述说病情。卫生室也因此被和谐气氛所笼罩。此外，张远祥为患者留自己的联系方式、悉心叮嘱用药及日常饮食等注意事项，更是架起了医患"连心桥"，让患者在诊治过程中如沐春风。

一名优秀的医务人员，不仅要有良好的医德医风，还需具备过硬的医术。张远祥深知要成为一名好中医，终身学习是提升医术的必经之路。为了更好地利用针灸、艾灸、拔罐等中医适宜技术，让群众在家门口就能治疗颈椎病、肩周炎、腰腿痛等常见疾病，张远祥坚持不懈，勤学苦练、增强本领，先后到中宁县中医医院参加中医理论培训学习，参加国家中医药管理局传统医药交流中心举办的全科医师多功能皮下套管针灸针培训，参加中卫市中医医院中医适宜技术培训学习。2023年6月，张远祥的枸杞泡脚项目获得了枸杞创意大赛最具创意奖；同年10月，在中宁县第一届中医药调剂大赛中，斩获调剂职业技能竞赛二等奖。与此同时，张远祥经常利用业余时间阅读中医药典籍、名医医案等。每当拿起这些书时，他仿佛捧着珍贵的宝贝，看得入迷时甚至忘了喝水吃饭，一本本比砖头还厚的书籍见证了张远祥的努力。正是由于勤修内功，他的医术愈发精湛，每年通过中医适宜技术服务病患400余人次，赢得了附近村民赞誉的同时，还吸引了周边市县的患者，让大家深切体会到了中医文化的博大精深。

来自沙坡头区柔远镇的一名中年男子患有银屑病多年，曾在西安、兰州等地就诊，但病情并未好转。后经亲朋好友介绍，专门前往康滩村卫生室找张远祥治疗。张远祥通过望闻问切，辨证施治，为患者开了中药。该患者表示，喝了几服中药后感到周身轻松了许多。这名患者自此成了张远祥的忠实粉丝，每当发现身体稍有异常时，就会赶到康滩村卫生室。为表达谢意，患者特意为张远祥赠送了一面印有"妙手回春、手到病除"的锦旗。这样的事情不胜枚举。来自银川市的田女士每天午后发热，体温在38~40℃之间波动。奔波多地就医，但始终没有效果，后来经人介绍来到卫生室。面对这种疑难杂症，张远祥没有退却，他仔细把脉问诊、辨证开方，田女士喝了五服中药后病情有所好转。后来经过间断性的中药调理和艾灸，田女士恢复良好，和家人一道为张远祥赠送了锦旗。

在乡村这片沃土上，还有许许多多像张远祥一样奉献了青春年华的村医。平凡时光中，他们没有豪言壮语，只用实际行动扛起肩上重任，践行医者初心；没有高薪厚

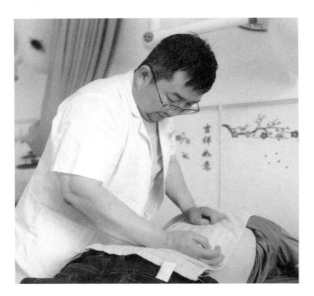

禄，只有无怨无悔扎根基层的坚守；没有惊天动地的壮举，只会默默谱写守护群众健康的平凡之歌。这就是全国100余万名村医的真实写照，张远祥只是一个缩影。

道阻且长，行则将至；行而不辍，未来可期。在未来的行医路上，张远祥将和所有村医一道，继续躬耕乡村沃土，坚守乡村振兴"健康线"，当好农村居民健康的"守护神"，为全面推进健康中国建设贡献力量。

深耕中医药传承创新　践行从医者初心使命

——记中宁县恩和镇秦庄村村医万建国

焦　颖

万建国　1962年8月生，汉族，宁夏中宁人，中共党员。现为中宁县恩和镇秦庄村卫生室村医。1988年8月取得北京中医大学函授学院专科学历，1991年4月11日参加宁夏首届名老中医讲授班并结业，1995年5月10日宁夏名医讲授班结业。在防治非典型肺炎期间，向北京市中医药管理局献方，受到了好评。2016年，主持的"丹凤油方项目"入选《宁夏中医药传统知识调查保护名录》一书，该验方用于治疗烧烫伤。

　　中医药学是中华民族的瑰宝。习近平总书记高度重视中医药工作，要求把中医药工作摆在更加突出的位置，并对广大中医药工作者提出殷切盼望，"希望广大中医药工作者增强民族自信，勇攀医学高峰，深入发掘中医药宝库中的精华，充分发挥中医药的独特优势，推进中医药现代化，推动中医药走向世界，切实把中医药这一祖先留给我们的宝贵财富继承好、发展好、利用好，在建设健康中国、实现中国梦的伟大征程中谱写新的篇章"。

在中宁县恩和镇秦庄村卫生室，有一位乡村中医，多年来扎根乡村，潜心中医药学的传承与创新，默默守护一方百姓健康平安。村卫生室成为乡亲们生病了第一时间会想到的地方，这名中医也成了他们格外亲近的暖心人。

这名中医叫万建国，恩和镇秦庄村人，同时是一名中共党员。从事医疗工作近40年，为周边病人解除疑难病症上万例，用自己精湛的医术治愈了无数人，获得了群众的好评。

走近秦庄村卫生室，卫生室内空气中弥漫着一股淡淡的让人安心的中草药味，眼前的一幕令我震惊：坐着的、趴着的、躺着的，不大的房间里竟候着近20名患者。这些患者大部分都是附近乡镇的村民，他们都是万建国的"老顾客"，除了这些"老顾客"，还有一些是从甘肃、陕西慕名而来的患者。万建国医生正在为患者把脉问诊，只见他耐心询问患者症状、睡眠饮食等情况，后面药房工作人员正在有条不紊地根据药方抓药、配药。

"万大夫，你看看我这个膝盖，特别疼。""万大夫，我的手这两天特别麻，你给我看一下。"问题很多，万医生很忙，一会儿坐堂问诊，一会儿给患者扎银针。谈及万医生的医术，大家纷纷叫好，其中一个刚在腿上扎完针的中年妇女用手指着墙上挂着的锦旗说："这锦旗有恩和的、鸣沙的，青铜峡的、银川的，甚至还有兰州的，都是对万大夫的认可和感激，万大夫名气大着呢！"

等万医生就诊完，终于有时间跟我坐着聊会儿。他连连跟我说不好意思，病人有点多。面对我的采访，他显得有点儿局促，说："我做的都是一个普通村医做的工作，没啥特别的。"

这个没啥特别的村医，在研究、发扬中医药的路上一走就是近40年，为乡村群众看病一干就是一辈子。他最懂基层劳苦大众的疾苦，在长年累月的看诊中，坚持不让患者多花一分钱，用实际行动践行了一名基层党员的使命和担当，用一生传承、发展传统中医药学。

万建国自幼家贫，12岁母亲就因病去世。母亲去世后他默默地下决心要学医，通过所学去治疗更多病人，以报答已故的母亲。16岁开始他便跟村上一位有名的老中医学习，熟读《黄帝内经》《伤寒杂病论》《温病条辨》《本草纲目》等中医药学名著。他先到北京中医药大学函授学院中医药专业学习，后到宁夏医科大学委培深造一年多。毕业后，他毅然选择回到家乡，在恩和镇秦庄村卫生室工作至今。

在医疗资源匮乏的乡村，万建国始终坚守在医疗一线，为广大村民提供及时、有效的医疗服务。几十年前，村里的人得病了，小病扛，大病耗，没钱看病，出行难，路费贵。为了治病救人，万建国不断钻研中医疗法，主抓妇科、儿科疾病，经常上门看病问诊。时间一长，十里八乡的村民们发现他看病拿得准，还不收出诊费，开的药不贵但疗效好，于是越来越多的人都来找他看病。

在就医问诊中，万大夫始终本着"治病救人、服务基层"的理念，树立良好的医德医风，不断练就高超的治疗技能。为了减轻病人的负担，他尽量少收费，甚至不收费，很多病人因此慕名而来。邻村河滩村的一名群众患胆囊结石，做完胆囊切除后经万医生调理，又排出了多个结石。新堡镇盖湾村的一位患者得肺癌长达20多年，检查肺部已钙化，慕名找到万医生看病，经长期中药调理，慢慢精神了很多。银川有位患者患有癫痫，经万医生中药调理3个月后情况好转。湖南省长沙市一位女孩患有牛皮癣顽疾长达10年，经过中医苦参汤的调理，基本达到治愈效果。类似还有血小板减少、紫癜肾炎等患者，在万医生的精心治疗下渐渐康复。不仅如此，万建国医生在内科、外科、妇科、儿科等方面亦有一定造诣。针对烧伤、烫伤，用他家的祖传秘方丹凤油少的花上几十元，多的几百元就可治疗。他用中医药治疗支气管炎和肺炎，治愈率高且不易复发。一位患有无精症的患者，在中医药调理下成功有了孩子。一些患有不孕不育症的夫妻，原本需要在大医院做试管婴儿，但经过中医药调理，一段时间后顺利怀孕，很大程度上减轻了农村家庭经济负担，还使患者免去很多痛苦和复杂的检查过程，这方面的临床案例举不胜举。

从医多年，万建国医生不仅治愈了很多人的身体，而且治愈了很多人的心病。"我也是一名老党员，从小在党的教育和关怀下才走到今天，为人民服务是所有党员的宗旨，也是我终身践行的使命。扎根农村治病救人，弘扬发展中医药学，是我的毕生追求。"万建国医生说道。他曾遇到很多疑难杂症患者，从来都没有多收一分钱。不仅如此，面对贫困患者，尤其是一些孤寡老人和特贫患者，他还总是想方设法为他们减轻经济负担。秦庄村五组有一名老人服用中药长达两个月，他没有收一分钱。附近一些老人行动不便，他自己年龄渐长却依然拿着药箱上门诊断，并把药配好送到患者家中。他体谅一些患者工作日要上班不方便过来，周末都坚持上班，为远处慕名而来的患者医治。除了为患者医病，他还为周边群众免费测量血压，参加村上组织的各种义诊活动，等等。周边群众无一不知道有这么一名看得准、心眼好的老中医。我采访结束，出来时碰到的一名热心群众，他向我们说道："你们也是来找万医生看病的吗？万医生看病又准人又善良，是我们秦庄村的骄傲啊！这么多年我们村上真的是多亏有他啊！"

万建国医生的妻子从他到卫生室就一直陪伴左右，他看病，她抓药，配合默契，相互扶持，共同为乡村百姓撑起一方健康的天空。平日里万医生总是忙于治病救人，却没有注意妻子的身体。卫生室就医患者多，任务重，问诊出诊、抓药配药、针灸按摩、废物处理等全靠他们夫妻俩。万医生妻子生完孩子都还没有恢复好就回到卫生室继续"战斗"。日复一日，2021年的腊月，万医生妻子就这样累倒在了卫生室。这成了万医生这辈子最大的遗憾，每每想起来，万医生都觉得愧对妻子，没能让妻子享享福……

"之前卫生室就在这个地方，是一间几十平方米的旧房子。后来政府帮我们在原址上修了现在这个卫生室，宽敞明亮，功能齐全，我能更好地开展工作，也越来越对中医药的发展有信心。群众对我的认可和感激使我倍感欣慰和自豪，我也更有信心做一名称职的医生，为群众健康和中医药发展贡献自己的绵薄之力。"采访最后，万医生这样说道。

一代人有一代人的使命，一代人有一代人的担当，乡村要振兴、要发展，需要这样的守护者。回首扎根乡村近40年的行医历程，他始终坚持党员标准，牢记第一身份是党员，始终将人民的利益放在首位。他是千千万万任劳任怨、辛勤耕耘的乡村医生的缩影。他没有豪言壮语，也没有惊天动地的壮举，多年来兢兢业业工作在乡村医生岗位上，凭着热情周到的服务和精湛的医术赢得了村民们的尊重，守护着一方百姓的健康。

大爱无声，行甚于言。万建国，就是我们心目中的好村医。

仁心一片　福泽乡邻

——记中宁县恩和镇双井子村村医武治荣

吕振宏

武治荣　1981 年 1 月生，汉族，宁夏海原人，中共党员。现为中宁县恩和镇双井子村卫生室村医。2004 年 7 月毕业于宁夏师范学院医疗系社区医学专业，2015 年 1 月毕业于宁夏师范学院医疗系临床医学专业，1998 年 9 月至 2008 年 9 月在海原县甘城乡卫生院担任村医，2008 年 8 月至今任宁夏中卫市中宁县恩和镇双井子村村医。2019 年在中宁县人民医院进修一年。曾获恩和镇卫生院"基层服务之星"称号。

接到采写中宁县恩和镇双井子村村医武治荣的任务很久了，联系了几次，被一些大大小小的事情耽搁，没能成行。好事多磨，一天下午与武大夫联系，他正与家庭医生团队在下乡。我叫朋友开车去双井子村，他说腰不舒服，骨质增生弄得腰疼腿麻。架不住我再三请求，他驾车与我找到了武大夫。武大夫他们一行四人正挨家挨户上门问诊。看着武大夫，年龄不过40岁出头，这是资料中讲的民间正骨专家吗？看着武大夫，我想到一句话——高手在民间，也许真的是我以貌取人了。

　　恩和镇双井子村第一卫生室，三面墙上挂满了锦旗。看着这些锦旗，我问武大夫，"每一幅锦旗是不是都有故事？"武大夫有点儿不好意思地点点头。他看着和我一起来的朋友一脸苦相，问："他咋了？""他因为腰椎间盘突出症，疼了大半个月了。"武大夫笑笑，说："不嫌弃的话，我给治治。"他和我简短交流几句，便为朋友治疗去了。细细看着墙上每一幅锦旗，还有卫生室的制度和资格证书，我更想看看这位正骨高手的真实水准。

一

　　武治荣出生于海原县甘城乡。初中毕业后，因为家里穷，没能继续上学。16岁那年，他的哥哥开三轮车拉大伙去赶集，结果出了车祸，赶集的人有因骨折住进甘城乡卫生院的，这期间，武治荣一直在卫生院照顾住院的人，送饭、喂药、收拾屋子。每天一早，拿起扫帚把院子打扫得干干净净，还帮着搬运物品。但凡卫生院有需要干的零活，他毫无怨言，不但抢着干，还总想办法干到最好。短短几天时间里，这个勤快的小伙子被卫生院院长看在眼里、记在心上。

可以说，甘城乡卫生院院长是武治荣的伯乐。有一天，院长把他叫来，问他愿不愿意干村医。年轻的武治荣说自己不会干啊！那时，因为乡村医生挣不到钱，很少有人干。院长说你要是愿意干，正好有一期乡村医生培训班，培训结束就回到甘城乡久坪村当村医。武治荣感谢院长，参加了培训班。在培训班学习了两个多月，他学会了消毒、打针等基础医疗技术。初当村医时，主要的工作是给村里的父老乡亲测血压、测血糖，给6岁以下的儿童预防接种，代买一些感冒药之类的常用药。

平庸的人消磨日子，而上进的人用时光换取成长。服务乡亲一段时光后，武治荣的兴奋没有了，感到自己服务乡亲们的能力越来越欠缺。他把闲暇时间全放在了学习医学知识上。通过自学，他更加觉得自己在这方面的不足。而弥补不足、提高能力的方式只有不断地学习再学习。机会总是留给有准备的人，武治荣刻苦学习医学知识得到了卫生院领导的认可，推荐他去固原卫校临床专业学习。

2002年，固原卫校并入宁夏师范学院，他成为师范学院医疗系的学员。不论哪个行业，不入门是不会知道学业深浅的。通过3年学习、1年实习，他获得临床中专学历，业务水平有了质的提高。有时，一些较为严重的患者来到村医室，他只能做一些简单的处理，看着乡亲们痛苦的样子，但他束手无策，更加感到了艺无止境。几年后，他又去宁夏师范学院医疗系进修，本着对博大精深的传统中医的热爱，他把专业学习的侧重点放在中医理疗上，并取得了临床医学专科学历。

二

2007年，他告别家乡，落脚中宁县恩和镇双井子村。当时，因为家乡还没有合适的村医，他便服务老家海原县甘城乡久坪村，和服务双井子村的妻子分居两地。武治荣热衷于中医理疗，潜心钻研中医针灸和推拿，不断追求医疗水平的提升，得到了乡亲们的认可。当时，海原县甘城乡卫生院缺少专业的中医理疗师，院长请他到乡卫生院上班，做了一名外聘医生。随着临床经验的不断积累，他深深感到自身还存在诸多的不足。

他不断学习博大精深的中医学，通过网络他发现了一个口碑较好的推拿理疗正骨的师傅，于是萌生了去学习的想法。通过网络交流，那位姓孙的师傅答应教他。于是他前往河南现场学习了两个多月。师傅认真施教，徒弟潜心学习，两个多月的学习使他获益良多。回来后，用于临床实践，一些骨质增生和颈椎病患者的症状得到缓解，都夸他手法正、技术好。

这些成长并没有让他停止学习的脚步，他又在网络上了解到东北的扎快针技术，专门针对骨关节炎、类风湿，疗效明显。于是他便去拜见了民间名医苏先生，在他那里认真学习快针技术。因为有了针灸技术基础，学起来很快，短短一个多月时间，就掌握了快针技法。

回来后，这项中医实用技法取得了较好效果，一些患者在他扎针之后病症很快缓解。金杯银杯不如患者的口碑，他的医术和全心全意为患者服务的态度得到了群众的称赞，他正骨高手的名气渐渐在群众中传播开来。

三

一位来诊所买药的人指着一幅写着"医术精湛、妙手仁心"的锦旗向我讲起了一个故事。送锦旗的人是和他同村的低保户，家里就父子俩，父亲曾经长时间下不了床，啥事都干不了。来武大夫的诊所半个月后竟然好了，不但能走路，一个月后还能下地干活了。

武大夫笑笑，详细讲起这个患者的故事。第一次来诊所，那位患者说听到有人在武大夫这里看好了病，就让儿子开着三轮车拉他来，希望经过武大夫医治能站起来。经检查，武大夫发现患者是腰椎间盘突出压迫坐骨神经，进而导致腰腿疼痛，不能坐起，不能行走。

与患者交流中，武大夫了解到他的家庭非常困难。想想自己少年时因为家里穷高中都上不起，不免产生恻隐之心，当场表示患者的治疗费用全免。患者行动不便，他便上门为他治疗。经过长达半个多月治疗，患者情况好转，能够下床行走了。在武大夫持续不断的治疗下，患者渐渐也能下地干活了。这位患者千恩万谢，总想感谢武大夫，都被他婉拒了。

春节期间，老马儿子回来，看到父亲完全好了，便去城里制作了两幅锦旗。一幅送给武大夫，一幅送给他的妻子，以表达对武大夫夫妇最真诚的感谢。当父子俩把锦旗挂在卫生室的墙上，对着这对年轻的夫妻鞠躬感谢的那一刻，武大夫赶紧上前搀起这对父子。

这件事，对武大夫触动很大，不禁令他想起自己小时候，因为家里

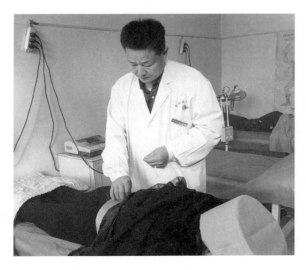

条件差，自己无法继续上高中，没有上大学，是他心里的遗憾。在恩师的帮助下，他上了中专，读了大专。现在他有能力，不愿乡亲们和当时的他一样无助。今天，他帮助老马；今后，如果还有人需要，他还会帮助更多人。

双井子村第一卫生室的四面墙上，三面挂满了锦旗。那些锦旗有周边县乡群众送的，也有银川、灵武、石嘴山等地患者送的，甚至有四川、甘肃等外省患者送的。不用问，这每一面旗都有一个感人的故事。这里值得一说的是来自同心的患者老李，因为腰椎间盘突出症和颈椎病疼痛不已。老李在银川、固原等地治疗，每次治疗都花费过千元，效果不是很好。慕名前来武大夫的诊所，经过扎针、正骨、按摩等治疗，4天时间，情况好转。老李摸着腰和颈椎，有点儿不相信，在武大夫这里的花费还不到别处的三分之一。老李千恩万谢，当时就到街上制作了锦旗，挂在双井村第一卫生室的墙上。

四

去武大夫的卫生室采写的第二天，我的朋友在武大夫的治疗下起身下床，走了几步，感觉好多了。一大早，朋友就打来电话，向我要武大夫的手机号。我很奇怪，问他要号码干啥。他说，昨天经过武大夫治疗，完全不疼了。他的姐姐这几天在医院扎针好几天了，效果不明显，今早想去双井子村找武大夫扎针治疗……

愿父老乡亲们告别病痛，健健康康，这是武大夫的心愿。我们也愿武大夫再接再厉，更上一层楼，福泽乡里。

美丽的白衣天使

——记中宁县白马乡白路村村医黄薇

白小山

黄薇 1971年8月生，汉族，宁夏中宁人。1995年7月毕业于甘肃中医学院，毕业后跟随父亲在白路村卫生室工作至今。2006年在宁夏医学院完成了中西医结合的自考学习，后到宁夏中医医院暨中医研究院、中卫市中医医院参加培训。2017年3月顺利通过中医针灸师三级考试，2021年9月参加健康服务中医康复理疗师岗位能力提升培训。擅长治疗疼痛病和皮肤病。

在富饶的宁夏平原，巍峨的牛首山脚下，滔滔的黄河岸边，有一个美丽的小村庄——白路村，它隶属于宁夏中卫市中宁县白马乡。

中宁县"最美医生"黄薇就出生在这个小村庄里。

黄薇，大专学历，1995年7月毕业于甘肃中医学院，毕业后跟随父亲在白路村卫生室工作至今。2006年在宁夏医学院完成了中西医结合的自考学习，后到宁夏中医医院暨中医研究院、中卫市中医医院进行培训，于2017年3月顺利通过中医针灸师三级考试。2021年9月，参加健康服务中医康复理疗师岗位能力提升培训。在28年的从业中积累了丰富的临床经验，熟练地掌握常见病及多发病的治疗方法，尤其擅长治疗疼痛病和皮肤病。

一年365天，黄大夫很少休息，总是任劳任怨地坚守在工作岗位上。在平凡的工作岗位上刻苦学习、勤奋钻研，尽可能掌握更多医学知识。她严格要求自己，严守职业道德、思想积极、工作认真负责、技术精湛，广受大家好评。

作为一名普通的医务工作者，扎根基层，立足农村，守护一方百姓健康是她的最大心愿。一名合格的医生，除了应具有精湛的医术、热情的服务态度，还应有一颗仁爱之心。多年来，黄薇时常这样告诫自己、鞭策自己，无论生活有多难，永远不失善良之心。

"既然选择了医疗行业，我就要对得起身上的白大褂，这是一份责任，更是一份承诺。"黄薇说。对于那些长期卧病在床和行动不便的老人，她不计报酬上门进行护理和治疗。始终把每一位患者当作自己的亲人，一心扎根基层医疗服务，一干就是20多年。

善良的白衣天使

2021年12月一天的凌晨3点多，一阵急促的电话铃声把黄薇从睡梦中惊醒。原来是朱路村孙叔叔打来电话，说他的老伴呕吐不止且伴有眩晕，请黄薇无论如何也要去救救他老伴儿。当时情况紧急，黄薇二话没说就离开了温暖的被窝。由于天太黑，黄薇一个女人有些害怕，便叫醒了熟睡的老公，然后两人一起去孙叔叔家。

夜，漆黑无边；风，肆无忌惮地号叫着。大西北的冬，那叫一个烈。

孙叔叔的老伴不敢睁眼，稍微一动就感觉天旋地转，吐得一塌糊涂。通过判断，病人为突发眩晕症，且伴有轻微脑梗，属气血上逆所致。黄医生针灸刺激了百会穴、风池穴、太冲穴、内关穴和丰隆穴。由于病情严重，还输了3瓶液体，直到病人病情好转她才放心离开，而此时已经是早上5点多。类似这样的事情一年四季随时都可能遇到，早已是家常便饭。

日复一日，年复一年，在平凡的基层岗位上，凭借对基层卫生工作的无比热爱，持之以恒地为乡亲服务，作出了不平凡的业绩。她不畏艰难、精益求精的精神和朴素的工作作风赢得了大家的信任。

生命的守护神

无论是白天还是黑夜，无论是刮风还是下雨，无论路途远近，只要接到就诊电话，黄薇便毫不犹豫地背起药箱赶往救治的乡村小路。

夏日的一天，黄薇正在电脑前看一个有关皮肤的病例，一个村民慌慌忙忙地来到卫生室，说自己的老母亲由于长期卧病在床起了褥疮，大面积化脓感染，希望黄医生上门为其清创。路程比较远，再加上卫生室太忙抽

不开身。怎么办？一位80多岁的老人，总不能眼睁睁地看着被病痛折磨，黄薇思量再三决定下班后到其家中给予清洗伤口。

那个场面，黄薇一辈子都不会忘记，老人臀部表面伤口有8厘米左右，令人没想到的是伤口上爬满了密密麻麻的蛆，恶臭难闻，吓得黄医生惊叫起来，跑到外面就开始不停地呕吐。对于

从小就怕虫子的人来说，这真是一个不小的挑战。经过一番思想斗争，黄薇最后还是鼓足勇气上战场。在其家人的帮助下，颤颤巍巍地把一个又一个移动的白蛆用镊子拿下。就这样，两天一次的清创换药，坚持了一个多月，老人的伤口总算一点点愈合。病人及家属感激不尽。

医者就像绿叶，默默地装扮着这个多彩的世界，是他们用慈母般的爱，滋润着患者的心田，让患者重燃生活的希望。

黄薇说，她最好的解压方式就是独自一人到黄河边，静听牛首山古刹的钟声，凝视滔滔的黄河水向东流去……这时，她的心情会平静许多。夕阳西下，夏风拽柳，黄薇又看到了"大漠孤烟直，长河落日圆"的美景。

麻雀三三两两地飞回树林里，叽叽喳喳地唱着热闹的晚歌，黄河岸边的牧羊人幸福地唱着花儿，赶着羊群归家了。

移民群众健康的守护者

——记中宁县太阳梁乡隆原村村医王涛

毛兴国

王涛 1974 年 12 月生，汉族，宁夏泾源人。1998 年毕业于固原卫校。1999 年 1 月至 2005 年 5 月在泾源县大湾乡任村医。2005 年 6 月至今在中宁县太阳梁乡隆原村卫生室工作。2013—2016 年，在宁夏医科大学学习并取得函授专科学历，2016 年底，考取乡村全科助理。先后跟董学军学习中医扶阳，跟付振峰、刘晓君、董美婷学习针灸学。擅长采用中西医结合治疗脾胃病、痔疮、粉刺、腰腿疼痛病。曾获先进个人、"最美乡村医生"称号。

位于宁夏中卫市中宁县东北一隅的太阳梁乡，是一个生态移民乡，成立将近20年。以前我只闻其名，从未去过。退休闲暇，我独自一人驾车，从县城出发，沿国道109向东，过了枣园乡，进入国营渠口农场地界，按照指向太阳梁的路标前行，去新成立的生态移民乡村，采访隆原村村医王涛。

20多年前，这里不为大众所知晓，鲜有人涉足。短短十几年，这片昔日的戈壁荒漠滩换了新颜，呈现出"枸杞之乡"特有的田园风光。带着采写太阳梁隆原村村医王涛的目的，我一路走走停停，行驶40公里，用时近两个小时，最终到了太阳梁乡隆原村村部。

走进卫生室，外屋是诊断室兼药房，候诊的病人不少，有的站着，有的坐着。里屋的几张病床上都有病人，有的坐着，有的躺着，有的趴着，都在接受治疗。一个约莫50岁、身穿白大褂、中等身材、微胖、慈眉善目的男士，戴着听诊器，亲切和蔼，望闻问切，全神贯注地给病人诊断，抓药。不时走进里屋治疗室，或注射，或针灸，或拔罐，或红外线治疗……一人顶几个人，忙得不亦乐乎。

他就是我专程前来采访的村医王涛。

已经是中午12点了，病人看完病后陆续离开，一位身穿环卫工作服的村民说："老王的肚子胀得厉害，鼓得老高，恶心，不能进食。"

"我知道了。"王涛大夫说。

他背上药箱出诊，我紧随其后说："我和你一同去。"

至此，我才报上姓名，做了自我介绍，说明了来意，与王涛大夫握手。

汽车在村巷里七扭八拐，来到居民庄点最前面的房屋。我俩下车进屋，看到一位中等身材、身体微胖的男子躺在床上，腹部鼓得老高。王大夫做了仔细检查，询问，被诊断为营养不良性腹水。

患病的村民现年53岁，父母去世，没有成家，孤身一人。早年患白内障，因无钱医治，双目失明。一周前，他感到乏力，食欲下降，恶心，腹胀明显。王涛大夫吩咐他仰卧，发现腹部明显隆起，触及有波动感，压痛，心率增快，呼吸急促，双下肢有水肿症状。经过一番诊疗，患者不适感稍减，王大夫又开了一些药，对患者千叮咛万嘱咐，说明如何用药，后又匆忙赶往卫生室。

　　王涛，1974年出生于固原市泾源县大湾乡董庄村，1998年7月毕业于固原卫校乡村医生班，同年从事乡村医生工作。2005年董庄村整体搬迁到太阳梁，王涛起初在乡卫生院工作，后到隆原村当村医。头疼脑热他看得了，高血压、糖尿病等常见病他也有办法，中西医结合治疗。给群众治病，搞公共卫生服务，他从不马虎。20多年来，他出诊不分时间、不管路程远近，随叫随到，为患病的村民送医送药。他所在的隆原村卫生室被自治区卫生健康委员会评定为"五星级卫生室"。

　　中医是中国五千年文化的传承积累，博大精深，源远流长。中医学是以阴阳五行作为理论基础，通过望、闻、问、切四诊合参的方法，探求病性、病位，分析病机及人体内五脏六腑、经络、关节、气血，进而得出病因，并归纳出证型，以辨证论治法，然后使用中药、针灸、推拿、按摩、拔罐、食疗等多种治疗手段，从而使人体达到阴阳调和直至康复。王涛勤奋好学，孜孜不倦。2013年3月至2016年3月，参加宁夏医科大学函授学习，2016年底考取乡村全科助理医师；2014—2016年，跟北京扶阳国际中医科学研究院董学军、袁永明教授学习扶阳疗法；2015年4月，跟付振峰学习三绝针；2016年7月，跟刘晓君学习全息针；2017年10月，跟董美亭学习五连疗法。他刻苦钻研，大胆实践，掌握了各种中医疗法，不但本地村民前来治疗，而且有许多外地患者慕名前来治病。他运用中医方法控制血糖疗效显著。

多年来，无论是在自然条件恶劣、最不适于人类生存的泾源县大山里，还是在中宁县生态移民新区太阳梁，他一直默默地为乡亲们送医送药，守护着乡亲们的健康。虽没有惊天动地的壮举，但有令人感动的辛勤付出。

此外，王涛还积极做好公共卫生服务工作。

2024年，隆原村总人口2628人，其中户籍人口2043人，自由移民585人。他为辖区1700多名常住居民建立了居民健康档案。

他管理着230名慢性病患者，其中高血压病人182名、糖尿病病人35名、精神障碍病人13名。建立健康档案并纳入健康管理，3个月进行一次随访。对一些年老体弱慢性病患者，他还要上门服务，每年进行一次健康体检，并录入电子档案。

对209名65岁以上老年人每年进行一次健康体检，包括问诊、生活方式询问、查体、辅助检查、住院及主要用药情况询问、健康评价及指导、中医药服务等，并录入电子档案。

对0—6岁儿童进行健康管理，包括对初生到满月婴儿家庭访视3次；对1个月、3个月、6个月、8个月、12个月、18个月、24个月、30个月婴幼儿，以及3—6岁儿童各体检一次，包括体重、身高、

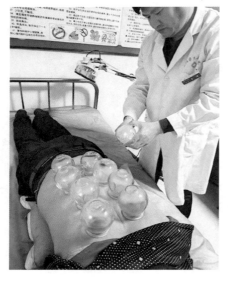

体格、视力、户外活动、服药、发育评估、患病情况、中医药服务等，并录入电子档案；为0—6岁儿童打疫苗。

对孕产妇管理，包括监督妇女孕前3个月和早孕前3个月每日服用叶酸片，12周左右为孕妇建立母子健康手册档案，定期随访5次，妇女产后到满月上门随访3次，42天随访一次，中医药服务等及时录入电脑。

此外，王医生对流行病、传染病、卫生协管、食品安全、死亡人口按时进行上报。

在历年公共卫生考核中，王涛均名列全乡前三。

他提供医疗服务，实行药品零差价销售，严格执行国家基本药品目录制度，医疗药品核销。他擅长使用中医药解决问题，主动采用中医适宜技术防病治病，解决群众困难。他的痔疮割治放血疗法受到了群众广泛好评，周边县区多人慕名前来诊治。

王涛深入落实基层卫生健康"守门人"职责。他的手机24小时保持开机状态，以满足辖区村民的问诊需求，为群众提供贴心服务。

太阳梁是移民区，群众生活普遍困难。他勤奋好学，拜师学医，运用自己多年积累的临床经验，采用廉价的中医药为村民治病，解除患者痛苦。遇到家庭实在困难的，免费送医送药。

2015年11月22日深夜12点，村民赵某突然腹部疼痛，赵某丈夫外出务工，家中只有她和两个年幼的孩子。邻居把王医生从睡梦中叫醒，他立即带上出诊箱，骑上摩托车赶赴村民赵某家。初步诊断赵某为急性阑尾炎、局限性腹膜炎，予以左氧氟沙星和头孢输液治疗，患者的疼痛得到缓解。次日到中宁县人民医院治疗，医生感慨地说，幸亏治疗及时，避免了阑尾炎化脓穿孔，既节省了费用，又避免了手术带来的痛苦。患者及家人对王涛大夫十分感激。

李先生半年前面部出现丘疹，先后到中宁、银川多家医院就诊，疗效不佳。2024年1月22日找到王大夫，王大夫诊断为粉刺，经过两个疗程治疗后随访，未再复发。

实行土地流转后，太阳梁乡村民大多常年外出打工，有的远在新疆，留守的老人、儿童、残疾人，他们的生活常常遇到困难。王涛大夫不但积极投身公共卫生服务，防病治病，而且还利用空闲时间，给留守的老年人买米买面，给老年人理发，给留守儿童补课。

王涛大夫既是太阳梁乡生态移民群众的贴心人，也是群众健康的守护神。

后记

　　为了深入学习贯彻落实党的二十大精神和习近平文化思想，围绕举旗帜、聚民心、育新人、兴文化、展形象的使命任务，聚焦立精神支柱、树价值标杆、育时代新人，大力培育和践行社会主义核心价值观，着力推进卫生健康系统医德医风建设，着力加强卫生健康系统精神文明建设。本书选录中宁县37位医生的感人事迹，这些事例鲜活生动，覆盖面广，彰显了医务人员高尚的医德医风。

　　社会主义核心价值观是凝聚人心、汇聚民力的强大力量，所以应将社会主义核心价值观融入卫生健康事业、融入社会发展、融入百姓日常生活。发挥优秀医生的精神引领、典型示范作用，传播正能量，弘扬新风尚，在全社会进一步营造尊医重卫的良好氛围。

　　这些医务工作者是普通人，也是大英雄；他们是死神的对抗者，也是健康的守护神。《杞乡名医》的出版，不仅是对优秀医生的肯定，更向全社会传递了正能量。本书通过弘扬医者仁心和大爱无疆的精神，激励更多的医务工作者积极投身"健康中宁"建设，为实现中华民族伟大复兴的中国梦贡献力量。